십대,
안녕

일러두기

1. 이 책에 실린 글은 한국문화예술위원회에서 운영하는 온라인 청소년 문학관
   '글틴'(teen.munjang.or.kr)에 2005년 부터 2013년까지 쓴 생활글 가운데 열아홉 편을
   골라 실었습니다.
2. 띄어쓰기와 잘못 쓴 글자는 바로잡았으나 사투리와 입말은 그대로 두었습니다.
3. 우리 말법에 어긋난 것 가운데 다음과 같은 표현들은 바로잡았습니다.
   (그랬었다 → 그랬다, 보실 수 있으셨다 → 볼 수 있으셨다, 7시 → 일곱 시)

십대, 안녕

청소년, 우리들이 살아가는 이야기

루다 외 18명 글

보리

청소년들의 목소리가
생생하게 담긴 생활글

온라인에 청소년 글쓰기 모임인 '글틴'을 만들었던 게 바로 엊그제 같은데 올해로 10년이 되었다. 10주년이라는 말을 듣는 순간 어느 옛 노래의 가사처럼 '아니 벌써?'가 떠올랐다. 10년이면 강산도 변한다는 말을 한다.

10년 전, 글틴이 시작될 때부터 생활글 게시판 관리자로 청소년을 많이 만났다. 이 책에 수록한 글은 생활글 게시판에서 만난 글들이다. 이 책은 게시판 관리자인 나와 독자인 청소년들의 공감을 많이 샀던 글을 갈무리한 것이다.

글은 곧잘 '글 쓴 사람이 산만큼 쓴다.'고 말한다. 청소년도 마찬가지다. 이렇게 말하면 '청소년들이 얼마나 살았다고……' 하며 고개를 갸웃거리는 사람이 있을지 모른다. 여기에 모은 생활글은 겉으로 보기엔 똑같아 보이는 청소년들이지만 저마다 다양한 삶의 방식과 아픔을 가지고 있는 것들이다. 글을 쓰면서 자신을 돌아보고 가족을 돌아보고 미래를 걱정하면서 스스로를 치유하는 한 방식으로써 글쓰기를 한 것이다.

사실 청소년의 삶이라고 해서 가족이나 어른들의 삶에서 벗어나지 않는다. 어른들의 문제가 고스란히 청소년들의 문제로 옮겨지기 때문이다.

그간 글틴 생활글 게시판에 올라온 청소년이 쓴 글을 크게 나누어 보면 다음과 같다.

첫째, '나는 누구인가?' 하는 정체성 문제
둘째, 부모, 조부모, 형제자매 등 가족의 문제
셋째, 학교생활과 미래에 대한 불안감
넷째, 친구 문제와 이성에 대한 호기심

생활글은 글 쓴 사람의 속 모습과 일상이 그대로 드러난다. 이 책의 글들은 청소년들이 어떤 고민을 하며, 어떤 환경을 견디고 있는지 잘 보여 주고 있다. 자신의 이야기를 한다는 것이 말처럼 쉽지 않은 일이다.

생활글 심사를 하면서 여러 번 읽기를 멈추고 한참을 숨을 고르곤 했던 기억이 있다. 이 글을 쓰기까지 조그만 가슴들이 얼마나 아팠을까 하면서 그 아픔이 고스란히 내게 옮겨 오곤 했다. 그러다 보니, 문학적 글쓰기로써 글의 완성도를 기준으로 심사하기가 어려울 때도 있었다. '내 이야기를 들어주세요.' 하는 목소리가 들리는 것만 같았다.

청소년들은 자신의 이야기뿐만 아니라 그들이 살고 있는 이 사회에 대해 목소리를 내기도 했다. 정치, 사회 문제들을 남의 문제가 아니라 내 이웃의 일, 자신의 일로 받아들이고 사회 문제에 목소리를 내기도 했다. 결코 모른 척하지 않았다.

한 해에 한 번 글틴에 글을 썼던 학생들을 대상으로 2박 3일 동안 '문장 캠프'를 진행한다. 아직도 그때 보았던 학생들의 눈빛을 기억한다. 그들의 눈은 빛났다. 그 눈빛을 마주보고 있기 힘들 정도였다. 부조리한 세상을 어떻게 받아들이고 그러한 세상을 어떻게 이해할 것인지에 대해 고민했고, 어떻게 어른이 되어 자기의 목소리를 당당하게 낼 수 있을지 고민했다. 호기심으로 가득 찬 눈빛은 교실에서는 결코 볼 수 없는 생생한 것이었다.

글틴에서 만난 소중한 글들이 책으로 묶여 나온다니 감회가 새롭다. 가끔 대학생이나 사회인이 된 글틴 출신들이 안부를 물어 오곤 한다. 또 전문 문인이 된 글틴 출신들의 글을 지면에서 만나기도 한다. 그들 모두 언제 어디에서라도 살아 있는 눈빛을 간직하며 살기를 당부하고 싶다. 주어진 삶에 스스로 주인으로서 당당하게 살아가기를!

봄꽃이 터지는가 싶더니 바람에 휠휠 떨어져 날린다. 꽃들의 한 시절을 떠올려 본다. 짧기 때문에 치열했을 꽃들의 시간을 생각한다. 치열하게 살고 썼던 글이 마치 봄날 꽃망울 터지듯 했으리라는 그대들의 한때를 기억한다!

2015년 봄

김영근

차례

2부

나와 너, 그리고 우리

1부

내 이름이 공부인가?

끝난 이야기

루다

'난 이제 해방이다.'

그렇게 적었던 것 같다. 마지막 5교시, 제2외국어 시험지의 맨 앞장에는. 답안지를 확인할 정신도 없이 멍하니 책상 한 켠에 밀어 놓은 수험표와 손목시계를 쳐다보았다. 종이 울리고, 공립 여고에 있기엔 지나치게 젊은 듯한 남교사가 답안지를 걷어 가는 동안 나는 눈을 감고 있었다. 머릿속에서 복잡한 소리들이 뒤엉켜 검은 덩어리가 되는 시간은 길고도 길었다. 눈을 떴다. 스피커가 말했다. "감독관께서는 수험생들을 귀가시켜 주시기 바랍니다." 남교사가 말했다. "모두 수고했습니다, 집에 돌아가서 푹 자세요."

천천히 가방을 챙겼다. 여기저기서 들려오는 탄성들, 한숨들, 울음소리들. 복잡한 의미의 눈물이었으리라. 허무함과 후회, 아쉬움과 해방감 같은 것들이 뭉뚱그려져 짠물이 되어 뚝뚝 넘쳐흐른 것이었으리라. 오른쪽 모서리에 붙어 있던 명렬 스티커를 뜯어냈다. 아직 끈적거리는 접착면에 손가락을 뗐다 붙였다 하며 밖으로 나왔다. 벌써 다른 아이들은 거진 교문을 빠져나가고 있는 중이었다. 나는 최대한 느린 걸음으로 걸었다. 평소 걸음걸이가 빨랐던 만큼, 느리게 걷는다는 것은 어려웠다. 하늘은 남색이었고, 그보다 더 짙은 색깔의 구름이 얼룩처럼 박혀 있었고, 기가 막히게 예쁜 초승달이 떠 있었다. 차가운 공기를 몇 번 들이켠 후에야 서서히, 배 속에서부터 무언가 끓어오르기 시작했다. 웃음이 났다. 이제 끝났어.

얼마나 이 순간을 기다려 왔던가. 독하게 책을 외우고 영어 단어를 씹어 삼키고, 때로 그 때문에 배탈이 나 싯누런 토악질을 하면서 내가 얼마나 오늘 이 시간을, 이를 갈며 기다렸던가. 이제 나는 누구의 눈치도 보지 않고 읽고 싶은 책을 마음껏 읽을 수 있고, 교과서를 덮고 빈둥거려도 엄마는 잔소리를 하지 않을 것이고, 언제든지 느긋하게 산책을 할 수 있고 음악을 들을 수 있고, 교실에 있는 것이 갑갑하면 내키는 대로 옥상에 올라가 혼자 바람을 쐬어도 아무도 뭐라 하지 않는 날들을 맞이하게 된 것이다. 그런 것들을 생각하니 현실감이 없을 정도였다.

시가지는 왁자지껄했다. 커다란 고딕체로 '수험생 특판'이라 써 붙인 핸드폰 대리점이 환하게 불을 밝히고 시끄러운 음악을 연신 틀어 대고 있었고, 해방감을 만끽하며 곧장 노래방이나 극장 따위로 달려가는 학생들은 기분에 젖어 한껏 떠들고 있었다. 나는 이어폰을 귀에 꽂고 가만히 길거리를 둘러보았다. 다닥다닥 어깨를 기대고 선 건물들, 벌써 반 넘게 잎이 진 나무의 잔가지들, 탁한 대기를 뚫고 빛을 보내오는 별 몇 개. 그런 것들이 다 새삼스러웠다. 해가 졌다는 것만 빼고는 시험장에 들어가던 아침과 하나도 달라진 것 없는 도시의 모습이었는데도.

버스 정류장에 꽤 오래 서 있었지만 우리 집으로 가는 버스는 좀처럼 올 생각을 하지 않았다. 나는 주머니에 손을 넣은 채 가볍게 발을 두어 번 굴렀다. 남학생의 무리, 여학생의 무리, 혹은 어른들의 무리가 저마다 목적지로 가는 버스에 몸을 싣고 사라져 갔다. 사라지는 사람들의 자리를 또 다른 사람들이 채웠다. 또 버스 한 대가 내 앞에 정차했다. 역시 내가 탈 버스는 아니었다. 한숨을 쉬며 투덜거리려는 순간, 나와 함께 꽤 오래 버스를 기다리며 서 있던 여자가 그 버스에 올랐다. 그 여자의, 새빨간 다운코트를 입은 뒷모습을 쳐다보다 나도 버스를 탔다. 우리 집과는 완전히 반대 방향으로 가는 버스였지만 거리낄 것이 없었다.

맨 뒷자리에 앉아 창문을 조금 열었다. 여자는 나보다 훨씬 앞쪽에 앉아 가만히 창문을 내다보고 있었다. 어깨 아래에서 굽이치는 갈색 머리카락이 우아해 보였다. 나도 저렇게 해 볼까 하는 생각이 들었지만 머리를 기르고 굵은 웨이브 파마까지 한 나를 상상하는 것만으로도 웃음이 나서 견딜 수가 없어 곧 단념했다. '자유가 주어져도 안 될 건 안 되는구나.' 속으로 중얼거리고 나자 갑자기 우울해졌고 그녀를 따라 정신머리 없이 버스를 탄 것이 후회되기 시작했다. 나는 미처 다섯 정거장을 못 가서 그 버스에서 내렸다.

떠나는 버스의 꽁무니를 보며 생각했다. 저걸 타고 종점까지 갔다면 뭔가 재밌는 일이 생겼을지도 모르는데. 평소 같았으면 시간 낭비라고 생각했겠지만 오늘은 무슨 일이 일어나도 다 이해할 수 있을 것 같았다. 버스로 달려온 길을 되돌아 걷기 시작했다. 엄마는 내 연락만 애타게 기다리고 있을까, 아니면 덤덤하게, 아무렇지도 않은 표정으로 일을 하고 계실까. 아마도 후자일 것 같았다. 오늘 아침까지도 엄마는, 딸을 수능 시험장에 보내는 엄마라기엔 지나치게 담담했다. 물론 당사자인 내가 전혀 긴장하는 기색이 없었으니 더 그랬겠지만. 그래도 다른 집 모녀는 수능 시험 날 아침이면 끌어안고 울기도 한다는데 우리는 끌어안고 울기는커녕 죽이 짜니 싱겁니, 반찬을 넣니 마니 하면서 티격태격하고 있었더니 아빠는 기가 막힌다는 표정이었다.

바람도 차갑지 않았고 산책하기 딱 좋은 선선한 초겨울 저녁을 만끽하며 걷자니 바다가 생각났다. 내가 사는 곳은 시내버스를 타고 조금만 가면 바다를 볼 수 있는 곳이다. 멀리 반짝이는 공단의 야경을 보니 더욱 바다가 보고 싶었다. 부두에 정박된 채 출항을 기다리는 거대한 배도 보고 싶었다. 자동차를 싣고 태평양을 건너갈 배, 혹은 다른 것들을 싣고 또 다른 바다를 건너갈 배. 커다랗던 배들. 차가운 선체에 부딪히는 물소리, 짠 냄새. 방파제 위에 서서 틈새를 내려다보면, 시커먼 구멍 같던 바다. 조약돌. 모래. 아, 나는 어릴 때부터 물이 좋았다. 바닷물이든 계곡물이든, 욕조에 받아 놓은 수돗물이든. 인간은 물에서 태어난 존재라 모두 막연히 물을 그리워한다는 말을 어디선가 읽은 적이 있었다. 나는 진화가 덜 된 인간이어서 남들보다 더 물을 그리워하는 게 아닌가 하는 생각이 들었다. 하긴, 진화가 덜 되긴 덜 됐다. 겨우 스물도 안 되었는데 사랑니는 세 개나 났고, 지금은 안 되지만 좀 더 어릴 땐 귀도 움직일 수 있었다. 게다가 뚱뚱하다. 뚱뚱한 사람은 진화가 덜 된 거라는 연구 결과가 있었지.

낡은 자판기가 보였다. 샘플로 진열된 캔은 녹슬어 있었고 음료가 나오는 출구는 뚜껑이 떨어져 있었다. 구깃구깃한 천 원짜리를 몇 번이고 손바닥으로 펴 넣고 알로에 음료를 뽑았다. 자판기는 허름했지만 캔은 손이 시리도록 차가웠다. 아까 시험지에 뭐라고 썼더라, 하는 엉뚱한 생각을 하며 드디어 버스 정류장으로 되돌아온 나는 이번에야말로 집으로 가는 버스를 탔다. 1교시 언어 영역 시험지에는 기형도의 시 몇 줄을 썼고, 2교시 수리 영역 시험지에는 박성우의 시를 썼고, 3교시 외국어 영역은 그만 깜빡 조는 바람에 시간이 빠듯해서 '젠장'이라고 휘갈겼고, 4교시 사회탐구 영역은 한 과목 한 과목마다 죄다 김승희의 시를 썼다. 그리고 5교시엔 '해방'. 아, 그랬었지. 왔다 갔다 시간을 죽이며 걷느라 깜빡 잊고 있었는데 그러고 보니 난 오늘 막 한 개의 사슬로부터 해방된 사람이었다. 아, 그랬지. 아, 그랬지.

집 앞에 당도하기 한 정거장 전에 내려 걸으면서 핸드폰이 있었으면 좋겠다는 생각이 들었다. 목소리를 듣고 싶은 사람이 있었다. '시험은 어땠어요?' 하고 물어보고, '언어 문제는 어땠어요, 수리는 이랬어요, 외국어는 저랬어요, 잘 쳤겠네, 부러워라.' 떠들고 싶었다. 부모님은 아직 퇴근하지 않았고 동생은 학원에 가 집은 비어 있었다. 어두운 집에 들어서자마자 현관에 주저앉으며 한숨을 내쉬었다. 집의 익숙한 냄새. 아침과 아무것도 달라진 것이 없는 풍경.

책상 앞에 앉았다. 점퍼를 벗고 가방을 정리하고, 유용하게 쓰일 수험표를 한쪽에 챙기고, 난잡하게 널려 있는 참고서와 문제집들을 밑으로 다 내려놓으며 중얼거렸다. 안녕. 이제 진짜 끝이야. 지긋지긋하던 고등학교 공부. 재미라곤 없던 공부. 이제 두 달만 있으면 십대도, 안녕. 한 달 걸러 병을 앓던 십대도, 안녕. 이제 다시는 볼 일이 없겠지. 언젠가 나이를 많이 먹은 후에는 너희를 한 번쯤 그리워하게 될 날이 올까. 지금은 이렇게 후련하기만 한데.

이제 하나는 끝났지만, 수많은 시작들이 또 기다리고 있겠다. 나는 잘할 수 있을까 하는 생각이 들었다. 잘해 나갈 수 있을까. 고등학교도 똑바로 적응하지 못해서 끙끙댔는데, 다른 곳에선 잘할 수 있을까. 누구 말마따나 삶은 짧고 시간은 빠른데, 나는 앞으로 남은 삶에서 내가 생각했던 것들을 몇 개나 이뤄 낼 수 있을까. 얼마나 빛날 수 있을까. 나는 지금 테이프 하나를 끊고 또 출발선에 섰다. 아직 나는 잘 모르겠다. 그렇지만, 그렇지만.

그래도 난 이제, 해방이었다. 아, 그랬지. 아.

그랬지.

루다 오래전에 쓴 글이 다시 바깥으로 나온다고 하니 새삼스럽게 반가운 기분이 들었습니다. 그때와 비교하면 나는 어디가 어떻게 얼마나 달라졌나 생각해 보게 되더군요. 몇 년 전의 내가 바라던 모습은 무엇이었는지, 그 기억을 되살리는 시간을 갖게 되니 기쁘고 복잡한 기분이 들었어요.

물고기 공포증

침묵의 소리

나는 물고기가 무섭다. 아니, 좀 더 자세하게 말하자면 나는 물고 기의 '눈'이 무섭다. 고정된 시선이 꼭 사람 같아서 무섭다. 물고기 의 얼굴을 사람의 얼굴처럼 인식하게 되어 공포증이 생겨 버린 듯 싶다. 내가 언제부터 이런 공포증을 갖게 되었을까? 어렸을 적 사 진을 보면 아빠가 낚시해 온 큰 물고기를 내가 아무렇지 않게 만지 고 있는 것으로 보아 아무래도 초등학교에 입학하기 전까지 공포 증은 없었던 것 같다. 시간을 다시 잡아 끌어 살며시 되짚어 보면 나의 물고기 공포증은 초등학교 5, 6학년 때 생겼다.

그때 당시 제일 큰 사건은 언니들의 대학교와 고등학교 입학이었 다. 누구든지 갈 수 있는 학교가 아니었기에, 흔히 말하는 천재들이 가는 학교에 합격했던 것이 내 공포증의 시작이었다. 언니들의 합격 소식은 어떻게 된 건지 모르겠지만 그때 당시 내가 다니는 초등학교에 소문이 났다. 지금 생각해 보면 친한 친구 몇 명에게 말했던 것이 아마 학교에 소문이 나돌게 된 원인일 수도 있다. 아무튼 나는 정말로 그때 소문이 난 줄 몰랐다. 그저 학교에서 복도를 걸을 때 내가 모르는 아이들이 한 번씩 나를 쳐다보고 간 것을 종종 느낄 때가 있었지만, 그저 우연히 쳐다본 것이라고 생각하고 신경 쓰지 않았다.

그러던 어느 날 학교에서 생활 안전에 대해 알려 주기 위해 학생들을 강당에 모이도록 한 적이 있었다. 나는 친구들과 함께 별 생각 없이 강당에 가서 줄을 서고 난 후 앉아 있었다. 그런데 갑자기 옆에 앉아 있는 나를 계속 힐끔 쳐다보더니 나에게 말을 걸었다.

"너네 언니 △△대학교랑 ㅁㅁ고등학교 갔지?"

나는 순간 그 애를 보고 당황했다. 모르는 애가 나한테 처음 말을 건 게 이름이나 몇 반인지 등 흔히 처음 보면 기본적으로 물어보는 것이 아닌 나의 가족 관계에 대해서 물어봤기 때문이었다. 나는 그 애한테 물어봤다.

"어떻게 알았어?"

그러자 그 애가 웃으면서 말하길

"그거 이미 소문 다 났어. 모르는 애가 없을걸?"

그때서야 내가 대화하고 있을 때 다른 애들이 다 나를 쳐다보고 있는 것이 눈에 들어왔다. 그 말을 듣는 순간 왜 내가 모르는 애들이, 심지어 언니 친구의 동생까지 왜 다 나를 유심히 보고 지나갔는지, 은근슬쩍 안 들키게 나를 향해 손가락질하며 수군댔는지, 이해가 되었다. 뿐만 아니라 언니랑 같은 학원에 다녔을 때

"너가 ○○○의 동생이니?"

라고 물으면서 활짝 웃었던 학원 선생님들도, 그리고 원래 시험을 보고 반 배정을 받아야 하는데 나는 항상 무조건 제일 공부 잘하는 반에 넣어 줬던 일들도 그제서야 알게 되었다.

　지금 생각해 보면 내가 바보였던 것 같다. 집으로 수십 번씩 전화하는 언니 친구 엄마들의 시샘을 나는 그때 알지도, 이해하지도 못했다. 하지만 나에게 더 충격이었던 것은 내 성적이 어떤지 알고 난후 사람들의 표정이었다. 기대에 가득 찬 그들의 기준에 충족되지 못하면 선생님들의 눈에는 실망감이 가득 찼고 내 또래 아이들의 눈에는 비웃음만 서려 있었다. 그들의 표정은 적나라하게 마음속을 나타내고 있어서 내 마음에 늘 상처로 다가왔다.

　그때부터 공포증에 시달렸다. 무언가를 보여 주기를, 자신의 기준에 충족돼 주기를 바라는 사람들의 고정된 시선에 내가 보여 줄것은 아무것도 없었다. 나는 그런 시선으로부터 도망치고 싶었다. 그리고 그들의 얼굴을 볼 때마다 그들의 얼굴이 아닌 물고기의 얼굴을 한 사람의 모습밖에 안 보였다. 그때부터 수족관에 있는 금붕어만 봐도 몸을 움츠리게 되고 무서워했으며, 생선 시장에 가면 엄마 옆에서 떨어지지 않도록 엄마 팔을 잡고 눈을 계속 감으면서 걸

어 다녔다.

초등학교 시절 사람들은 내 이름을 알면 별로 관심 없다가도 '○○○의 동생, 공부 잘하는 ◇◇네 가족'이라는 말만 들으면 그들의 눈에는 어느새 고정관념이 가득했다.

'언니들이 잘하니 동생도 잘하겠지.'

나는 그들의 기준에 충족되지 못해 늘 괴로웠다. 계속 숨이 막혔다. 처음 보는 사람하고 친해지고 싶어도 그들은 이미 색안경을 끼고 나를 바라보고 있었다. 그래서 나는 사람들에게 내가 어떤 애인지 알려 줄 수 없었다. 내가 어떤 애인지 알면 떠나갈까 봐 나는 그게 늘 두려웠다.

때때로 부모님께서 나와 언니들의 차이를 조금이라도 좁히기 위해 언니들에게 했던 것처럼 매질을 해도 나한테는 아무런 소용이 없었다. 언니들은 어렸을 때부터 익숙해져서 별 반항 없이 지냈지만 나는 조금은 철이 들었던 때라 반항심만 불러일으켰다.

괴로웠다. 정말로, 지독하게 괴로웠다. 색안경을 끼고 나에게 다가왔다가 떠나가는 사람들이나, 뒤늦게서야 나를 매질하다가 그만둔 부모님들이나, 싸울 때마다

"공부도 못하는 년이."

라고 내뱉은 언니들이나 모두의 얼굴이 물고기로 보였다. 어렸을 때 받은 상처다 보니 정말로 오래갔다. 상처라는 것은 세월이 흐를수록 냄새만 희미해질 뿐 존재 그 자체는 사라지지 않아서 한동안 나를

괴롭게 했다.

초등학교를 졸업하고 중학교에 입학했을 때 나는 초등학교 시절의 악몽이 되살아날까 봐 그저 묵묵히 공부했다. 중학생이었을 땐 비교당하기 싫어서 제대로 자지 않은 적이 많았다. 잠을 잘 때 한 시간마다 계속 잠에서 깨어났고 시험 기간 때는 많이 자 봤자 세 시간밖에 자지 않았다. 세 시간을 조금이라도 넘게 자면 그날은 하루 종일 스트레스에 시달렸고, 성적 또한 내 기대에 못 미치면 집 밖으로 나가지 않고 집에 있는 물건들을 다 집어 던졌다. 아무리 애를 써도 '패배자'라는 인식 속에서 헤어 나오지 못했다.

이렇게 스트레스 받는 나에게 공부가 인생의 전부는 아니라고 말을 하는 사람들도 있었지만 그 말은 허공에서 희석되어 사라질 뿐 정작 내 마음에 닿지 않았다. 간혹 밥상 위에 올라오는 생선을 볼 때마다 상추나 채소 같은 걸로 늘 물고기의 눈을 가렸다. 수족관 옆을 지나갈 땐 절대로 쳐다보지 않고 앞만 보고 걸었다. 하지만 지나갈 때마다 수족관 안에서 비웃음이 새어 나와 내 발목을 잡아 수족관 안으로 끌어당기는 기분이었다. 가끔은 물고기들이 나를 끌어다 물에 빠뜨리고 질식시키게 하는 기분도 들었다.

하지만 지금은 옛날에 비해 많이 나아졌다. 지금은 내 아픔을 이해해 주는 소중한 친구들과 사람들을 만났기에, 나는 정말로 희미하지만 조금씩 조금씩 나아지고 있다. 상처라는 것이 공유하면 조금은 나아진다는 것을, 지금은 배워 가고 있는 중이다. 소중한 친구와 말을 하면서 정해진 틀 밖으로 나오는 기분이었다. 나는 왜 항상 비교당했는지, 내가 잘할 수 있는 것을 왜 스스로 다 막았는지, 왜 스스로 자신을 깎아내렸는지 나는 그저 침묵 속에만 묻어 버렸던 것이다. 수많은 책들을 읽으며 위로받고, 나의 고민을 털어놓을 수 있는 친구가 생긴 후로 나의 공포증은 차츰 사라지고 있다. 여전히 얼굴이 큰 물고기들은 제대로 보지 못하지만 작은 물고기는 피하지 않고 볼 수 있을 정도로 많이 나아졌다.

언젠가, 입시가 끝나고 해방감을 느낄 날이 올 것이다. 그리고 이런 상처들이 아무렇지 않게 느껴질 날 또한 올 것이다. 그때쯤 물고기 공포증이 사라질 것이라고 나는 믿는다.

순간 내 눈에 물고기의 지느러미가 스쳐 지나갔다.

침묵의 소리 글재주가 부족한 편인데도 제 글이 여러 사람에게 읽힐 수 있다는 것이 아직까지도 잘 믿기지 않네요. 사실 이 글은 제가 누군가에게 보여 주기 위해서 썼던 글이 아니라 지금까지 힘들었던 경험을 글로 풀어서 스스로 치유받고자 했던 것인데 제 글을 통해 저 말고도 많은 사람들이 조금이나마 도움이 되었으면 합니다.

부끄러운 이야기

비기닝

예상치 못한 만남이었다.

평소 아빠께서 내 고등학교 진학 얘기가 나올 때면 언급하시던 그 '아는 형님'을 뵙게 되었다. 고등학교 선생님이라는 아빠의 아는 형님은 내가 상상해 왔던 것과는 달리 점잖으시면서도 무서운 인상을 주었다. 조금 다른 의미이긴 하지만, 역시 나는 학생이고 아빠의 아는 형님은 선생님이다. 내가 그 학교에 속한 것도 아니고 그 학교로 갈 예정도 아니지만, 나는 정말 잘못을 하여 교무실에라도 끌려간 아이처럼 속으로 벌벌 떨었다. 다른 분들도 계셨지만 내 시야는 이미 회전의자에 앉아 위아래로 나를 훑어보시는 그 선생님으로만 꽉 찬 상태였다.

반쯤 열린 창문으로 겨울의 찬바람이 쌩쌩 불어오는데도 나는 팬히 흐르는 식은땀을 막을 수가 없었다. 등 언저리엔 오소소 소름까지 돋았다. 그 공적이면서도 사적인 만남에서 나오는 긴장은 이 겨울에 내 몸이 땀띠로 뒤덮이게 할 수 있는 그런 거대한 긴장이었다. '관계자 외 출입금지'라고 적힌 다소 위협적인 커다란 푯말이 붙은 전산실 문을 보며 나는 내가 정말 이 자리에 있어도 되나, 하는 생각까지 하였다. 아니, 있어도 되고 말고는 중요하지 않았다. 그저 이 답답한 자리를 뜨고 싶을 뿐이었다.

아빠와 대화를 마친 선생님이 의자를 가리키며 내게 자리를 권하셨지만 긴장하여 퉁퉁 불어 터진 내 다리는 도저히 말을 듣지 않았고, 나는 그저 고개를 도리도리하며 괜찮아요, 했다. 사실 하나도 괜찮지 않았다. 당장이라도 자리에 주저앉아 '아이고, 내 다리야.' 하며 주먹을 말아 쥐어 다리를 퉁퉁 치고 싶은 심정이었다. 내 마음도 모르고 엄마는 옆에서 호호 웃으며 커피만 홀짝이고 계셨다.

어울릴 듯 어울리지 않는 사람들이 공존하는 방학 때의 학교 전산실 안은 한동안 즐거운 웃음소리로 가득했다. 물론 그 웃음소리들 중에서도 내 웃음은 제외였다. 나는 그저 긴장이 가득 서린 입꼬리를 슬쩍 올려 꼬리 아홉 달린 여우처럼 눈치만 슬슬 보고 있었다.

일이 있다며 몇몇 선생님들이 나가셨다. 잠시 정적이 흘렀다. 드디어 그 전산실 안에는 아빠와 엄마, 나, 그리고 아빠의 아는 형님이자 내가 긴장하는 이유인 선생님만이 남았다. 선생님은 무언가 본격적인 얘기를 시작하겠다는 듯이 '흠흠' 목소리를 고르셨다. 덕분에 내 뒤에 조용히 서려 있던 긴장이라는 것은 두 배가 되어 내 정수리에 그림자를 지게 만들었다. 선생님이 내게 말하셨다. "고등학교는 어디 갈 거니?" 나는 잠시 고민했다. 내가 고민하던 시간이 얼마나 될지는 모르겠지만 꽤 길었을 거라 생각된다. 내가 가겠다고 점찍어 둔 학교는 선생님이 근무하고 계시는, 지금 이 전산실이 있는, 이 학교가 아니었다. 내가 가고 싶은 곳은 저 시내 한가운데에 있는 여고였다. 거짓말을 할까 하다가 역시 아니다 싶어 그냥 사실대로 말하였다. "○○ 여고요." 그 자리에 있던 사람들 모두가 내 말에 이어져 뒤꽁무니를 졸졸 쫓아온 불안함을 읽어 냈을 것이다. 그리고 생략된 부분까지. '○○ 여고요. 저 많이 떨고 있으니까 적절한 선에서 혼내 주세요…….'

나는 말을 툭 하니 뱉고 고개를 빼꼼히 들어 내 앞의 선생님 얼굴을 살피기 시작했다. 잠시 생각하시는 듯하더니 선생님의 입이 열렸다. "외국어 잘하니?" '그저 그래요.' 하고 말하려던 찰나, 나보다 엄마의 입이 더 빨리 열렸다. "얼마나 잘하는데요, 이전에 시험에선 전교 일등 났어요." 나는 가슴을 퉁퉁 치고 싶은 심정이었다. 아! 이렇게 답답할 수가! '엄마, 전교 일등은 나 말고도 열여덟 명이 더 있었어요. 거기다 90점 넘은 아이들이 대다수였고요!' 호호, 예쁘게 웃는 엄마의 귀에 슬그머니 얘기해 주고 싶은 것을 꾸욱 참고 억지로 입꼬리를 올려 웃으며 엄마를 따라 호호, 웃었다. 그걸 따라 하려니 영 어색해 곧 그만둬 버렸지만은. "그래? 대단하네. 그럼 언어는?' '그것도 그냥 그래요…….' 내가 입을 열려던 차에 역시나 엄마의 입이 더 빨리 열려 버렸다. "잘해요. 언어, 외국어 이런 거 잘해요." '엄마, 나 국어에 쥐약이에요. 내 교과서 펴 보면 맞춤법 틀린 거에 쓰러지실지도 모르는데…….' 내 얼굴은 죽을 맛이 되었고, 그 사이 선생님 얼굴엔 꽃이 만개하였다. 다시 선생님의 입이 열리고, 그다음 말을 어느 정도 예상할 수 있을 것 같아 나는 괜스레 마음을 졸였다.

"그럼 우리 학교에 와라. 외국어 잘하고 언어 잘하면 다 잘해."

아…… 역시나. 나는 정말 이 학교에 오고 싶지 않다. 멀기도 먼 데다가 내가 이 학교에 다니게 된다면 99.9퍼센트 기숙사에 처박히게 될 것이 뻔할 뻔자니까. 하지만 나는 그렇게 말할 수가 없어서 그저 히죽히죽 웃고만 있을 뿐이었다. 그렇다고 네, 하고 말하는 것은 내 자존심이 허락하지 않았다. 이런 한 푼짜리도 안 되는 자존심을 붙들고 있어선 또 뭣 한다고, 나 참.

그렇게 나는 약 삼십 분 간을 선생님과 공부에 대해 토론하였다. 그동안 오랜만에 밖에 나간다고 얼굴에 발랐던 내 색조 로션은 땀에 다 흘러내렸고, 땀에 푹푹 찐 나는 그야말로 소금 간 쳐 놓은 살코기였다. 콱 씹어 먹으면 아주 맛있을 그런 살코기.

요즘 나는 어디에 가든 공부 얘기를 한다. 오랜만에 만난 친척은 내게 '공부 잘하니?' 하고 묻는다. 그럼 나는 자신 없는 도리질을 친다. 길거리를 거닐 때에 옛 담임 선생님을 만나면 선생님은 내게 물으신다. '요즘 공부 잘하니?' 그럼 나는 또 히죽 웃으며 도리질을 친다. 그래서 나는 가끔 착각한다. 내 이름이 공부인가? 그래서 다들 나를 그렇게 부르나?

공부는 중요하다. 학생 때 대부분의 기억을 차지하는 것은 아마도 공부하는 기억일 것이다. 우리가 그토록 갈망하는 직업 역시 대부분이 공부 실력을 필요로 하는 직업이다. 그것은 변치 않는 사실이기에 그 누구도 부정할 수 없다. 부정해 봤자 세상으로부터 나오는 대답이라곤 불만이면 하지 말던가 하는 것뿐. 그렇다고 우리가 공부하지 않으면 우리의 미래는 그 누구도 예측할 수 없는 것이다.

하지만 그렇다고 해서 공부가 우리 일상 대화의 대부분을 차지할 만큼 대단한 것은 아니다. 오랜만에 만난 친척이나 담임 선생님과는 굳이 공부 얘기가 아닌 간단한 안부 정도만 나누어도 질 좋은 대화를 할 수 있다. 교과서에나 나올 법한 어려운 용어들을 입에 담으며 '배웠어? 아, 아직 안 배웠구나.' 하는 말로만 이루어진 대화가 꼭 질 좋은 대화는 아니라는 것이다. 사람들의 말마따나 공부가 인생의 전부는 아니다. 그러니 우리 생활의 대화는 우리의 인생에 대한, 사는 것에 대한, 일상에 대한 소소한 것들로 채워 나가자. 듣는 것만으로도 머리가 지끈거리는 그런 공부 얘기 말고 말이다.

아빠의 일이 끝나고 학교를 벗어났다. 시리도록 차가운 겨울바람을 맞으며 나는 차에 올라탔다. 그런데 어째서 학교에서 완전히 빠져나왔는데도 자꾸 찝찝한 기분이 드는 거지? 나는 그 이유를 찾다가 자동차 창문에다 내 얼굴을 비추어 보았다. 멍하니 창을 보다가 입을 '이—' 벌려 보았다. 이럴 수가, 앞니에 낀 이 검은 것은 뭣이다냐. 요리 보고 저리 봐도 아까 먹은 초콜렛이 분명하다!

나는 그것을 얼른 빼고 발간 볼을 손으로 감쌌다. 이렇게 부끄러운 모습으로 부끄러운 이야기를 했다.

비기닝 그때의 나는 작은 것에 흔들리고, 소소한 것에 고민하던 여중생이었네요. 어느 고등학교에 진학할 것인지에 대해 수없이 고민하고 그를 주제로 한 편의 수필을 써 내려 가던 시절이 바로 엊그제 같은데, 이제는 벌써 대학을 다니고 진로를 결정할 나이가 되었습니다. 나이가 들수록 점점 하고 싶은 것보다 할 수 있는 것에 치중하고 있음을 느낍니다. 제 글을 읽으신 여러분들은 앞으로의 선택에 무뎌지지 않고, 날마다 새로운 답안지를 작성하시길 바라요.

벗고 벗겨 주고 싶다

김민서(김애진)

때는 중학교 2학년 2학기 겨울이었을 것이다. 험난했지만 즐거웠던 2학년이 끝나고, 겨울방학이 다가올 두 달 전 즈음, 담임 선생님은 한 달에 한 번씩 항상 그래 왔듯 우리들의 자리를 제비뽑기로 바꾸어 주셨다. 나는 그때 교실 제일 왼쪽이자 앞쪽인 구석 자리 1번을 뽑았고 얼마 남지 않은 2학년이지만 짝이 누가 될까 조금 설레었더랬다. 그러나 참 묘하게도 내 짝은 반에서, 아니 전교에서, 심하게 따돌림을 당하는 유진이었다. 여기서야 어쩔 수 없이 가명으로 적어 놓지만 실명은 나랑 이름이 참 비슷해서 가끔 누군가 그 애를 부를 땐 내가 헷갈리는, 그런 이름을 가진 애였다, 걔는.

조례 시간이 끝나고 유진이가 내 옆자리에 앉자 아이들이 내게로 왔다. 그리고 누군가 큰 소리로

"니 이제 우짤래, 저년이랑 짝지되가. 존니 짱나겠다. 그냥 쌤보고
  자리 바까 달라 캐라."

하자, 몇몇은 나를 측은한 눈으로 바라보거나, 또 몇몇은 유진이를
죽일 듯이 노려봤다. 유진이도 맞서서 자신을 노려보는 애들을 어
설프게 쏘아봤다.

"씨발년이 뭘 꼬라 보노?"

  인아는 선생님이 안 보는 틈을 타 그 애를 모질게 주먹으로 때리
며 욕을 했다. 그 바람에 유진이가

"아얏."

하고 내뱉자 주위 애들이

"쌤 있으니까 소리 크게 지르는 거 봐라."

하면서 한 대씩 더 때렸다. 공연한 주먹질들. 근 1년을 봐 왔지만 여
전히 적응되지 않았다.

  한때는 같이 다니던 아이들이

"니는 맨날 우리가 애 때릴 때 착한 척하면서 혼자 뒤에 서 있드
  라?"

하는 시비 투의 말에 휘말려 덩달아 욕하고 나쁜 소리를 한 적이
있었다. 물론 후회하고 있다. 그리고 그때도 정말 뼈저리게 후회했
다. 참 약하고 야비하게 내 몸을 지키기 위해 남을 짓밟던 나. 당시
나는 솔직히 그 애 때문에 같이 다니던 아이들과 멀어지는 게 두려
웠다. 같이 급식실을, 화장실을, 과학실을, 체육 시간 강당을 갈 아

이가 없어진다는 것은 내게 견딜 수 없는 것이었기에.

그러나 2학년 2학기 말의 나는 이미 그런 것들을 다 벗어나서 예전과는 달리 혼자 다니는 것에도 별 거부감이 없고, 욕을 먹는 것에도 아무렇지 않은 상태였다. 그런지라 나는 속으로 '오히려 짝지가 되어 다행이야. 예전에 괴롭혔던 일을 속죄하는 마음으로라도 잘해 주어야겠다.' 하고 다짐하고 있었다.

"괜찮다. 내는 이 자리가 좋다. 그만하고 자리에 가라."

그 말을 끝으로 나는 책을 꺼냈다. 제일 창가 구석 자리인지라 햇볕이 기분 좋게 내리쬐었다. 책상에 노랗게 쏟아진 햇빛을 보자 괜시리 마음이 짠했다. 나는 그 애에게 말을 걸었다.

"안녕 유진아?"

"어…… 어, 안녕……."

그 애는 어눌하고 어색하게 안녕이라고 대답했다. 조금 어색한 안녕이란 말을 듣자 나는 저 애는 과연 학교에서 이렇게 따스한 인사를 주고받은 적이 한 번이라도 있었을까 하는 생각이 불쑥 치밀면서 애틋하고 미안한 감정에 사로잡혔다. 나는 몸을 숙이고 목소리를 죽여서 그 애에게 속삭이듯 말했다.

"예전에 내가 니한테 뭐라고 한 적 있제. 그거 진짜 미안하다. 앞으론 안 그럴 테니까 잘 지내자."

말이 없었다. 나는 고개를 들어 유진이를 바라보았다. 그때, 그 애의 표정은 정말이지 책상 위에 쏟아진 햇살보다 밝았다.

그 후로 나는 내 따뜻하고 대수롭지 않은 몇 마디에 정말 놀랍도록 변해 가는 유진이의 모습을 보고 뿌듯해 했다. 예를 들자면 수업 시간에 늘 잠만 자던 유진이가 아무도 시키지 않았는데도 일어나 문제를 공책에 필기하는 모습(물론 풀지는 못하지만), 끄적끄적 공책에 '유진이가 오늘은 ~라고 말했다.' 하고 적는 모습, 이제 학교 올 때마다 늘 내게 먼저 인사하는 모습, 같은 것들. 허나 마지막 모습은 후에 그 애에게

"씨발년 많이 컸네. 지가 먼저 인사하는 꼬라지 봐라."

하고 쏟아진 아이들의 손찌검으로 지워지긴 했지만. 나는 뿌듯했다. 동시에 유진이에게 별 이유 없이 주먹다짐을 하는 아이들에 대한 반감은 점점 더 커져만 갔다. 그것은 누가 보아도 부당한 폭력이었다(물론 폭력이라는 단어부터 이미 부당한 거긴 하지만). 나는 조금씩 그 애에게 아이들(대표로 인아)이 손찌검 하고 욕을 할 때 말리기 시작했다.

"그만해라, 쟤도 알고 보면 착하다. 솔직히 얘가 뭐하데?"

"착하긴 뭐가 착하노? 아…… 씹새끼 꼬라 보는 거 봐라 눈깔 뽑아 뿔라!"

"싸가지 밥맛에 지 때릴 때마다 욕하는 거 니도 안다 아이가? 니 너무 얘 편 들지 마라."

"그럼 이유 없이 지 때리는데 누가 욕을 안 하겠노. 그냥 넘어가라, 불쌍하다 아이가."

"이유가 없다고? 미친 존니 어이없제……. 마, 최유진, 니 저번에 내보고 뭐라 했스?"

유진이는 그럴 때면 우물쭈물 대답을 못 하고 눈알만 굴리곤 했다. 그러면 또 모르는 척한다고 아이들한테 맞는 거였다.

"개새끼야! 니 저번에 내보고 돼지라고 했다 아이가! 맞나 아이가?"

"고마 때리라……. 그거 예전에 딴 애들이랑 쪽팔려 했을 때 임마 가위바위보 져서 벌칙으로 한 거다 아이가."

"그래도 그런 걸 또 시킨다고 하나? 아 존나 재수 없제. 그런데 니도 왜 임마 편드는데?"

"편드는 게 아니라 사실이 그렇잖……."

"사실은 무슨 사실! 됐다. 끄지라, 재수 없다."

이런 식이었다. 이런 식으로 나는 반 아이들과 조금씩 멀어져 갔고 겨우 남은 아이는 민경이뿐이었다. 민경이도 약간 반에서 아웃사이더였는데 그 애 역시 유진이를 때리는 아이들을 이해할 수 없다고 했다. 민경이와 나는 대화하면서 늘 '자기 우월감에 젖기 위해 습관적으로 유진이를 때리는 우리 반 아이들'을 도마 위에 올렸다. 한참 도마 위에서 칼질을 한 후에는 언제나 '그런 아이들을 제어할 힘이 없어 뒤에서나 욕하는 너와 나'를 뒤이어 도마에 올리는 거였다. 우리는 여러 가지 이야깃거리를 도마 위에 올려 짓찧으며 그들의 어린 행동과 유진이가 당하는 부당한 대접에 흥분하기도 했고,

또 이런 것들을 직접적으로 대놓고 표출할 수 없는 우리들의 모습에 비참해하기도 했다. 그러나 결론은 언제나 '하지만 이제 2학년도 얼마 남지 않았다, 그 애도 우리도 3학년이 되면 괜찮아지겠지.'로 어찌 보면 상당히 도피적인 결론이었다.

그렇게 하루하루를 보내던 중, 사건이 터졌다. 6교시를 마치고 우리 반의 속칭 '일진' 여자애 미리가 유진이를 모질게 패는 꼴을 내가 노려본 게 화근이었다. 정말 나는 노려보고 싶어서 노려본 게 아니었다. 그렇게 비인간적으로 한 사람을 짓밟고 두들겨 팰 수 있는, 그러면서도 생글생글 웃을 수 있는 그 잔혹함에 저도 모르게 불쑥 그런 경멸이 밖으로 드러났던 거였다. 미리는 유진이의 뺨을 책으로 갈기던 걸 멈추고 자리로 돌아가 뒤에서 큰소리로 욕을 했다.

"씨발 저년 아까 내 꼬라 보는 거 봤나? 아 존나, 미친년! 마, 김애진, 마, 귀 썩었나? 야 씨발년아 귀 썩었냐고!"

나는 차마 대답을 못 하고 훌쩍거리는 유진이의 울음소리를 들으며 다만 소설책 위에 흩어진 활자들이 책 위에서 붙지 못한 채 겉돌고 있다는 그런 생각을 했다. 누가 머릿속을 깨끗하게 비워 버린 듯 아무런 생각이 나지 않았다. 내가 그렇게 앉아 있는 동안에도 미리는 계속해서 내 이름을 부르고, 욕을 했다.

"마, 김애진, 존나 사람 말 무시하네? 와 저년 존나, 사람 말이 말 같지가 않나? 어?"

"개년아 부르면 대답을 해야 될 거 아이가? 미리 말이 니 껌이가?”

미리의 말끝에 개 옆에 앉은 현성이가 덩달아서 내게 욕을 하자 몇몇 논다는 남자애들이 '와아' 웃음을 터뜨렸다. 현성이 말투가 웃겼기 때문인 거 같았다. 나는 숙였던 고개를 들었다.

“니 이리 와 봐. 사람 말 무시하지 말고 오라고, 존나 빡돌게 할래? 아 씨발 저년 또 쌩깐다. 지가 뭐 되나?”

“빽도 없으면서 존나 대차네? 그만 좀 깝치지?”

그 말을 듣고 나는 내가 무슨 행동을 해야만 한다는 것을 알았다. 선생님은 오시지 않고 아이들은 모두 나만 바라보고 있었다. 내가 지금 무슨 행동을 하든 반 아이들에게는 비난거리가 되겠지만 이제 와서 어쩔 수 없다고 생각하면서 나는 의자를 빼고 일어섰다. 내가 걸어가자 미리는 옆자리에 앉은 현성이에게 내 자리에 가서 앉으라고 말했다. 내 자리에 가서 앉은 현성이가,

“최유진 안녕? 니 아까 전에 미리한테 왜 깝쳤어?”

하고 놀리는 것을 보며 나도 앉았다. 미리는 조금 화가 누그러진 목소리로 내게 말을 했다.

“니 아까 전에 왜 내 꼬라 봤는데?”

나는 조심조심, 그 애가 오해하지 않게 말하려고 애쓰면서 대꾸했다.

“유진이한테 그렇게 하는 거 싫어서.”

“헐, 어이없네. 니가 최유진 친구가?”

"같은 반 친구잖아."

"야, 그럼 니 최유진 다른 애들이 때릴 때는 아무 말도 안 하면서 왜 내보고만 그라는데? 내가 물로 보이나?"

"니가 걔 때릴 때 아무 말 안 했다. 그냥 노려보기만 했지. 그리고 솔직히 니가 다른 애들보다 진짜 심하게 때리긴 했다 아이가. 솔직히 심하다는 생각 안 드나?"

"아니 전혀? 전혀 안 드는데? 내가 왜 심하다는 생각 들어야 되는데? 그리고 그렇게 때릴 때 심하다는 생각 들었으면 니가 말렸어야지, 왜 꼬라 보고만 있는데?"

"말리려고 했는데 솔직히 말린다고 해서 니가 들을 거였나?"

"들을지도 모른다아이가. 니는 시도도 안 해 보고 안 될 거라고 생각하나? 존나 웃기네."

"그렇게 해서 될 거였으면 니는 예전에 선생님이 혼냈을 때 쟤 때리는 거 그만뒀었다."

"아니 씨발년아, 될지도 모른다 아이가. 니가 내 말리면 내가 그만둘지 안 둘지 니가 어떻게 아는데? 해 보지도 않고. 아 씨발 존나 사람 말귀 못 알아듣제? 직접 말려 보라고. 내가 저년 때릴 테니까 니가 말려 보라고."

이렇게 해서 미리는 유진이에게 걸어갔다. 나는 길을 막고 말리면서 하지 말라고, 때리지 말라고 그랬다. 그러자 미리는 나를 쳐내고 유진이에게 걸어가서 빗자루로 머리를 계속해서 찍는 거였다.

"내가 지금 얘 때리니까 말려 보라고. 안 말리나? 왜 못 말리겠
  나? 니가 말리면 멈출 수도 있다 아이가."

  유진이가 아픔에 못 이겨 소리를 지르며 울자 미리는 빗자루로
유진이 얼굴을 들어올려서 책으로 뺨을 내리쳤다. 둔탁한 마찰음
과, 꺽꺽 울음을 억지로 삼키는 소리가 교실 가득 퍼지고 나는 미친
듯이 미리 팔을 붙잡으면서 제발 그만하라고, 그만 때리라고…….

  미리는 그제야 빗자루와 책을 던지더니 말했다.

  "봐라 잘 말리네. 안 되긴 뭐가 안 돼? 니 아까 전에 말려 봤자 소
  용 없다매. 아까 전에 때릴 때는 왜 이렇게 안 말렸는데? 어? 왜
  꼬라 보고만 있었는데? 잘 말리면서."

  "그때 이렇게 말렸으면 상황이 바로 이렇게 나빠졌을 테니까."

  "아 존나 이년 말하는 꼬라지 봐라. 상황이 나빠지긴 뭐가 나빠
  져? 이게 나쁜 상황이라고?"

  그리고 그때 망보던 아이가

  "선생님이 오신다."

하고 소리를 쳤고 아이들은 각자 후다닥 자기 자리로 돌아갔다. 나
도 내 자리에 앉아서 혼란스러움에 머리를 흔들었다. 어쩌다가 이
렇게까지 되어 버렸는가 하는 생각이 안 드는 건 아니었다. 하지만
그런 미쳐 버릴 듯한 혼란과 불안과 떨림 속에서 나를 잡아 주던
것은 '내가 옳다'는 신념 단 하나였다. 도저히 그런 신념이라도 없
으면 나는 의자에 가만히 앉아 있을 수조차 없었다.

그러나 바로 이 신념 때문에 한동안 내가 침대 속에서 잠 못 들고 고민하던 문제가 수면 위로 떠오르기 시작했던 거다.

'나는 진정으로 유진이를 위해서 미리와 싸웠던 것인가? 다만 내 얄팍한 정의감에 울컥해서 저지른 짓이었던 건가?'

아마도 나는 이때 '애진이와 유진이는 단짝 친구'라는 아이들의 놀림(놀림이라고 표현하기도 싫다)에 판단력이 흐려져 정말 그 아이를 단짝 친구로 여기려고 했던 거 같다. 이제라도 올바르게 표현해야겠다. 유진이는 내 단짝 친구가 아니라고. 또한 내가 유진이에게 베풀었던 친절을 친절이라고 표현해서는 안 된다고. 그건 내가 미리에게 말했듯이 그냥 같은 반 친구에게 대하는 당연한 '행동'일 뿐이라고.

종례를 마치고 미리는 나를 부르더니 이게 나쁜 상황이냐는 둥, 왜 나쁘냐는 둥, 자기가 나쁘냐는 둥, 솔직히 너 지금 나 패고 싶지 않냐는 둥 이상하게 말꼬리를 붙잡고 나를 궁지에 몰아넣더니, 민경이 표현을 빌리자면, 혼자 별 말도 안 되는 이유를 핑계로 울컥해서 내 목을 졸랐다. 나는 수척하게 조르는 대로 당하고만 있었다. 뒷감당이 두려워서 미리를 때리지 못한 것이 아니냐고 민경이가 후에 물었지만, 정확하게 말하자면 나는 두려워서 슬펐다. 이렇게 나와 같은 나이의 아이를 두려워해야만 한다는 게. 또한 이렇게 같은 나이의 유진이가 같은 나이의 아이에게 맞고 있어야 한다는 것도. 그렇다. 나는 그런 것들이 너무 슬펐던 것이다. 그래서 숨이 막혀 오고 머리가 멍해짐에도 불구하고 슬퍼서 손가락 하나 까딱하지 못했다.

좀 있다가 미리의 애인이라는 남학생이 와서 나에게서 미리를, 아니 미리에게서 나를 떼어 놓았다. 그리곤 나보고 빨리 가방 챙겨서 집에 가라고 했다. 나는 그 말대로 했다. 남자 친구에게 팔이 잡힌 채로 뭐가 그렇게 화가 나는지 내게 욕하고, 악을 쓰고 있는 미리를 지나쳐서 교실을 빠져 나갔다. 집에 갈 때까지 나는 단 한 방울도 눈물을 흘리지 않았고 집에 와서도 눈물은커녕 오늘 있었던 일에 대해서조차 아무 말을 하지 않았다. 그리고 자기 전에 그날 밤 민경이에게서 문자가 왔던가? 잘 참았다고. 분명히 그런 소리를 들은 기억이 있긴 한데 언제인지가 흐릿하다.

뭐, 그다음 날 학교를 가 보니 책상이랑 의자가 뒤집어져서 난장판이 되어 있었다거나, 사물함 속이 엉망이 되어 있었다거나, 그 후로도 신발이 물감 범벅이 되곤 했다거나, 들고 간 소설책을 누군가 찢어서 창 밖에 던져 놓았다거나 하는 얘기들은 생략하겠다. 그런 것들은 내게 중요치 않다. 솔직히 유치하다는 생각밖에 안 드는데다가 이제 3학년이 되어 그 애들과 각기 다른 반으로 떨어졌기 때문이다. 게다가 그 애들도 다 각자 떨어졌다. 그들은 한 명씩 떨어져 있으면 아무것도 못 하는 자식들이기에 더 이상 마주쳐도 내게 욕을 한다거나 해코지를 하지는 못한다.

그러나 아주 가끔씩, 복도에서 무슨 이유에선지 우루루 몰려 유진이를 패고 있는 그네들을 보곤 한다. 그러면 나는 가슴이 덜컥하고 내려앉은 채 가던 길을 더욱 빨리 가 버린다. 나약한 내가 저기서 할 수 있는 게 아무것도 없다는 것을 깨달았기 때문이다. 명백한 패배. 누군가에게 메신저에서 한번 이 이야기를 털어놓자, 그 사람은 날더러 계속 유진이가 맞을 때마다 달려가서 말리라고 했다. 그러면 그 애들이 '유진이를 때리는 것 = 애진이를 때리는 것'으로 인지해서 더 이상 안 그러게 된다고. 나는 그 말을 듣고 '그럼 내가 너무 힘들어질텐데.' 하고 대답을 했다. 그건 무섭다고. 그러자 돌아온 대답은 간단했다. '그럼 그대로 내버려 둬. 맞든 말든 신경쓰지 말고.'

나는 그 순간 돌아 버릴 듯한 암흑을 느꼈다. 결국에 나약한 내가 할 수 있는 건 아무것도 없다는 것을 깨달았기에.

또 가슴이 내려앉을 때가 있다. 내 뒤에 앉은 남자아이가 날더러 '최유진 최유진' 하고 부를 때다(앞에서 말했듯이 내 이름과 유진이의 이름은 발음이 비슷하다). 결코 유진이의 이름으로 불려서 기분 나쁜 게 아니다. 다만 그 이름이 언제부턴가 우리 학교 아이들에게 서로를 놀리는 '욕'이 되었다는 게, 가끔 몸서리쳐질 뿐이다. 또한 그 얘기를 들으면서 화내지 못하는 약한 내 모습도 지금 이 글을 쓰면서도 몸서리가 쳐진다.

그러므로 어서 벗고 싶다. 처음엔 학교를 벗어던지고 싶다고 생각했지만 이제 그것은 아무런 소용도 없다는 것을 잘 알고 있다. 그래서 나는 내 약함을 벗고 싶다. 그리고 벗겨 주고 싶다. 유진이를 약함에서 벗겨 주고 싶다. 언급하지는 않았지만 선생님들의 지독한 무관심도, 약한 자 앞에 섰을 때 고개 내미는 잔인함도, 남을 짓밟고 획득하는 우월감의 껍데기도, 다 벗고 벗겨 주고 싶다.

김민서(김애진) 나름대로 숨차게 달려오다가 잠시 쉬는 중에 있는 민서입니다. 이제는 시 쓰는 민서라고 더 당당하게 자기소개를 해야할 텐데⋯⋯. 일방적으로 매달리기만 해서인가 시와 제 관계는 썩 좋지만은 못하네요. 그러던 와중에 과거의 내가 썼던 생활글을 오랜만에 읽으니 부끄러우면서도 반갑습니다. 너무 시만 별처럼 바라보지 말고, 가끔은 수필들을 다시 읽고, 써 보면서 나 자신을 돌아봐야겠다는 생각을 하게 되었습니다.

대한민국 고등학생으로 살아간다

§베로니카§

지금쯤 집에는 모의고사 성적표가 도착해 있을 것이다. 준비를 소홀히 한 탓도 있겠지만 그런 것을 집으로 보내 주는 선생님도 원망스러울 따름이다. 자율 학습도 끝난 늦은 밤이지만 부모님께 혼날까 봐 쉽게 집에 들어갈 수가 없다. 잠시 어려운 문제를 고민하는 학자처럼 고민의 삼매경에 빠져 동네를 돌아다니던 중 웬 아가씨가 나를 붙잡았다.

"연우? 너 연우 맞지? 야아, 이게 얼마 만이야? 한 2년 됐나?"

"누구?"

"나야 나! 모르겠어? 우리 초등학교 6학년 때 같은 반이었잖아?"

긴가민가했지만 나를 정말로 아는 것 같아 엉거주춤

"그래."

하고 대답했다. 성숙한 얼굴에 화장을 한 여자애는 계속해서 5년 전의 이야기를 꺼냈다.

"길거리에서 나랑 만나면 몸 부딪쳐서 항상 넘어졌잖아."

난 그제서야 그 화장한 여자애를 알아볼 수 있었다. 중학교 다닐 때까지 친하게 지내던 황 아무개였다. 집안이 가난했지만 언제나 그녀는 당당했다. 중간중간 사고를 치며 학교에서 문제를 일으켰지만 말이다. 단정한 단발머리에 큰 바위 얼굴이라고 놀림받았던 친구가 이렇게 변할 줄이야……

속으로는 놀랐지만 그 친구가 상처를 받을까 봐 잠자코 있었다. 길게 기른 머리에 파마를 하고 짙은 색조 화장을 한 그 애는 누가 봐도 열여덟이 아닌 성숙한 아가씨로 볼 것이 뻔했다.

반가운 마음이 앞서 지금까지 무얼 했는지 궁금증을 참지 못해 요즘 안부를 물었더니 식당 일을 한단다.

"나 중학교 때부터 돈 버는 게 소원이었잖아. 그래서 3학년 겨울 방학 때 알바했는데 차라리 그게 더 편하더라. 처음 나이 속이고 식당에서 일했는데 공부 못한다고 무시하는 사람도 없고 날 문제아로 낙인 찍은 선생도 없으니까 왠지 자유로워졌다는 기분이 드는 거 있지? 가끔씩 나이 속일 때마다 뜨끔하긴 한데 사람들이 다 나를 스물로 보더라."

"으응……"

우리 옆을 지나가는 주위 사람들의 시선이 느껴졌다. 모두들 의

아한 눈길을 보내고 있다. 교복을 입은 여학생에게 웬 아가씨가 친구라는 듯이 말을 하고 있는데 바른 시선으로 볼 이유가 뭐가 있을까.

그 시선들을 괜히 따갑게 느낀 나는 이 황 아무개와 함께 있는 것이 불편해졌다. 몇 년 전부터 소식이 없다가 오늘 만난 친구였지만 지금은 반가운 기분을 느끼고 싶지 않았다. 거기다 앞으로 자주 마주칠 동네 사람들이 이상한 생각을 하고 있을 것을 예상하니 괜히 거부감이 들었다.

옆에서는 자신이 지난 2년간 어떻게 돈을 모았고, 어디에서 생활을 했으며 어떤 남자와 사귀었다가 깨졌는지 숨을 쉴 시간도 없이 떠들어 댔지만 나는 머릿속으로 무슨 말을 하면서 찰거머리 같은 이 아이를 떼어 버리나 그 생각밖에 하질 않았다.

"야, 너 내 말 듣고 있긴 한 거냐? 그래, 너는 지금까지 어떻게 지냈어? 응?"

"어, 어. 미안. 오늘 성적표 오는 날이라서 집에 얼른 가 봐야 할 것 같애."

나는 순간적으로 성적표 생각을 하며 황 아무개의 대답을 외면했다. 친구는 아쉬운 표정을 지었지만 금방 나를 보내 주었다. 자신의 핸드폰 번호를 적은 작은 쪽지를 손에 쥐어 주면서.

열한 시가 다 되어 가는 늦은 밤이었지만 그 친구는 나에게 아무렇지도 않게 들어가라고 말했다. 특별히 할 말도 없던 터라 엄마에게 혼날 걱정을 하며 나는 집으로 들어갔다. 창문으로 황 아무개의 뒷모습을 보았다. 여전히 당당하지만 그 모습이 쓸쓸해 보이는 건 기분 탓이었을까.

'너무 일찍 헤어졌나?'

엄마의 눈치를 보니 다행히도 성적표는 오지 않은 것 같았다.

나는 그날 밤 오랜만에 초등학교 졸업 사진을 찾았다. 벌써 5년 전이다. 그때의 어린 내 모습에 작은 웃음이 나온다. 앨범 사이에 있던 종이 뭉치가 떨어졌다. 중학교 3학년 때 황 아무개와 내가 주고받은 마지막 편지였다.

"연우야. 나 너무 힘들다. 어렸을 때 꿈이 선생이었는데 지금은 이루기가 힘들 것 같다. 생각하면 너무 짜증난다. 나는 꿈이 있는 데 아무도 도와주질 않아. 집에는 돈도 없으니까 학원은 안 되고, 학교 수업만 듣고 시험 치자니 점수 받기가 너무 힘들어.

선생들은 다 거짓말쟁이다. 수업만 잘 들으면 된다더니 이게 뭐냐. 나 그냥 포기하고 돈을 벌 거야. 다음에 낳을 내 자식한테는 돈에 꿀리지 않고 살 수 있게. 돈 많이 버는 게 내 소원이다.

넌 작가가 되고 싶다고 했지? 그래, 열심히 해라. 다음에 나 만날 때 부끄럽지 않게 열심히 해라. 10년 후에나 20년 후에나 서로 부끄럽지 않게 하자. 그럼 안녕.

2002년 5월 7일 너의 영원한 친구가."

창문을 통해 밖을 보았다. 황 아무개가 보이지 않는다. 나에게 당당하면서도 쓸쓸한 뒷모습을 보였던 그녀가 보이지 않는다. 손에는 여전히 그 친구가 준 쪽지가 쥐어져 있었다.

"처음 나이 속이고 식당에서 일했는데 공부 못한다고 무시하는 사람도 없고 날 문제아로 낙인찍은 선생도 없으니까 왠지 자유로 워졌다는 기분이 드는 거 있지?"

교사가 되고 싶다던 그녀의 꿈은 누가 짓밟은 것일까. 우리들의 꿈을 이루어 주겠다던 선생님들이? 아니면 주위 환경들이?

건넛방에서 엄마의 혀 차는 소리가 들린다. 은근슬쩍 엄마의 옆에 다가가 텔레비전을 보았다. 자신의 의지와는 상관없이 또는 갑갑한 학교생활에 질려 일찍 사회생활을 하는 청소년들 이야기를 하고 있다. 그들의 공통점은 옆에서 누군가가 다시 바른 길로 인도해 주기를 바라지만 아무도 도와주질 않는다고 말하는 것이었다.

갑자기 속이 뜨끔하다. 쓸쓸한 뒷모습을 보였던 황 아무개는 아마도 내가 자신을 붙잡아 주길 바라고 있었는지도 모른다. 내게 자신의 많은 것들을 터놓아 이야기하던 그녀였기에. 조금이라도 그것을 느꼈기에.

하지만 나는 그때 황 아무개에 대한 거부감만을 가지고 있었지 감싸 줄 생각은 하지도 않았다. 오로지 남들의 곱지 않은 시선을 피하기 위해 성적표 얘기를 꺼낸 것밖에 없지 않은가. 그것이 학교를 그만둔 그녀에게는 얼마나 상처였을까.

그렇게 안타까워하지만 저런 것에 신경 쓰지 말고 공부나 하라는 엄마의 말에 나는 쓰린 속을 쓰다듬으며 자리에서 일어난다. 그리고 다음 시험을 위해 '피타고라스의 정리'와 '상대성 이론'을 외우려고 머리를 굴린다.

　잠시 느꼈던 황 아무개에 대한 연민을 지우면서…….

§**베로니카**§ 매년 피는 벚꽃은 가을에 떨어지는 낙엽과 다를 바 없다고 생각했습니다. 만개하는 순간은 아름답지만 그 끝이 참으로 서글펐기 때문입니다. 열아홉 살, 사람들에게 재미난 글을 보여 주겠다던 시절을 잊고, 떨어지는 벚꽃 잎처럼 제 소중한 젊음을 보내 왔던 것 같습니다. 그것을 반성하게 해 준 글틴에게, 그리고 부족한 저를 이끌어 주셨던 포항 영일고등학교에 계신 전인철 선생님께도 감사의 인사를 드립니다.

착한 아이

0.99

내 인생에서 가장 행복했을 때를 묻는다면 그것은 초등학교 4학년 때이고, 제일 불행했을 때를 묻는다면 그것도 초등학교 4학년 때이다. 어떤 일이든 잘했던 것과 잘못했던 것이 있듯이 그때 내가 잘했던 것이라면 남들보다 책을 읽는 재미를 일찍 알아 글재주를 지니고 있었다는 것이고, 내가 잘못했던 것이라면 나를 착한 아이로 만들고 그것을 이용하려고 했다는 것이다. 다른 아이들이 모래 바람을 일으키며 뛰어다니고 인형을 가지고 놀았을 때, 나는 책을 읽고 글을 썼다.

나는 착한 아이였다. 학교에 지각하지 않는 것은 물론이고 조퇴도, 결석도 용납하지 않았다. 선생님이 하시는 말씀이면 따지지 않고 들었다. 밖으로 나가는 심부름을 시켜도 군소리 않고 따랐다. 남들이 웃고 떠드는 쉬는 시간에도 책을 읽었고, 글쓰기 대회에서도 상을 휩쓸었다. 정말 착하고 순한 학생이라고 머리를 쓰다듬어 줄 때마다, 믿을 만한 학생이라고 심부름을 시켜 줄 때마다, 대단한 학생이라고 엄지를 치켜세워 줄 때마다 나는 기뻤다. 나는 그렇게 착한 아이가 되었고, 그렇게 다른 아이들과 다르다는 기분을 만끽했다. 하지만 그것은 나를 불행하게 만들었다.

그 당시 아이들에게 인기 있는 그림은 눈이 크고 머릿결이 구불거리는 순정 만화 그림체였다. 나는 대회에서 상을 받는 글을 잘 썼고, 그 아이는 아이들에게 인기 있는 그림을 잘 그렸다. 그 아이는 가끔 나에게 다가와 그림을 그려 보라고 했다. 내가 그림을 다 그리면 내가 그린 그림과 자기가 그린 그림 중에 누가 더 잘 그렸는지 아이들에게 물었는데 자기가 이길 때면 무척이나 좋아했다.

그 아이는 소심하고 내성적인 나와는 다르게 당당하고 외향적인 아이였다. 여러 사람 앞에 나서기를 좋아했고, 아이들 마음을 사로잡을 줄 알았다. 자연스럽게 그 아이는 어느 순간 아이들 사이에서 리더가 되었다. 그 아이의 뒤에는 아이들이 따라다녔고, 입 간지러운 말이 따라붙었다. 하지만 여느 아이들보다 자존심이 강했던 그 아이에게 나라는 존재는 눈엣가시였다. 그 아이는 고개를 숙이고 굽실대기는커녕 굽힐 줄 모르는 나를 굽히고 싶어 했다.

그 아이는 달콤한 말로 친한 체해 왔다. 친한 친구인 양 내 옆에 서서 다른 아이들에게 나를 농담거리로 삼았다. 그 농담은 나를 깔

아뭉개기 위한 또 다른 방식이었다. 내 마음을 할퀴는 날카로운 웃음소리에 나는 만신창이가 되어 갔다. 그러나 나는 웃지 말라고, 우습지 않다고 말하는 대신 웃어 보였다. 사실은 그 아이를 향한 날카로운 말이 나오지 못한 채 내 목을 갉아 왔지만 어른스러운 척, 성숙한 척, 대단한 척 장난으로 넘겨 왔다.

그 아이는 그렇게 나를 괴롭히지 못해 안달 난 사람처럼 보이다가도 웃으면서 다가왔다. 뒤늦게 알았지만 그 아이는 다른 아이들 앞에서는 나를 조롱하고 무시하고, 뒤에서는 나를 달래고 다독였다. 마치 애완동물을 키우듯이 다른 아이들 앞에서 그 아이 대신 재롱을 피우고 잘했다며 간식을 주고 달래 주는 꼴이었다. 그 아이의 애완동물이 되어 웃음거리가 되어 가는 동안 내가 다른 아이들과는 멀어지고 있었을 줄은 꿈에도 몰랐다.

그 아이는 한여름 밤의 모기처럼 내 피를 빨기 시작했지만 내가 간지럼을 느낀 것은 한참 후였다. 자주 필통을 가져오지 않았던 그 아이는 내 연필을 빌려 가 잃어버리기 시작하였다. 그러나 그것이 잃어버린 것이 아니라는 것은 그 아이의 생일날 밝혀졌다. 그 아이의 책상에서 그동안 나에게 잃어버렸다고 말했던 십여 개의 연필들을 발견할 수 있었다. 그렇지만 이번에도 어른스러운 척하며 그 아이에게 다른 이유가 있었을 거라고 이해하기로 했다.

하지만 그 후로 그 아이를 점점 멀리하게 되었다. 그 아이는 점점 심하게 나를 대했고, 나는 그 아이를 대하는 것이 껄끄러워졌다.

전처럼 아무렇지 않게 나를 대할 때마다 그 아이의 책상에 있던 십여 개의 연필들이 아른거렸다. 내 필통이 비워져 갈 때마다 내 마음은 무거워졌다. 내 연필을 빌려 간 친구가 잃어버렸다고 말하고 돌려주지 않는 이유는 책에도 인터넷에도 나오지 않았다. 그 아이를 이해할 수 없었고 그 아이의 이유를 알게 된다고 해도 받아들일 수 있을지 자신이 없었다.

그 아이는 또다시 달콤한 말로 나를 끌어당기려고 하였지만 나는 거리를 유지하기 시작했다. 그 아이는 그런 나의 변화를 눈치채고 나를 볼 때면 괜히 못마땅한 얼굴로 나를 흘겼다. 때마침 그때 나는 상을 받아 왔고 아이들에게 부러움을 샀다. 그 아이는 손뼉을 몇 번 치는 둥 마는 둥 했다. 그러나 언제나 중심이 되고 싶었던 그 아이에게 더 이상 나란 존재는 참을 수 없었던 것 같다.

사건의 시작은 수학 시간 전이었다. 나는 수학 교과서를 꺼내기 위해 사물함을 열었다. 그러나 그 많은 교과서 중에서 수학 교과서 한 권만 사라져 있었다. 재빨리 내 자리로 돌아와 책상 서랍과 바닥, 가방까지 다 뒤져 보았지만 수학 교과서는 온데간데없이 사라져 있었다.

나는 그렇게 교과서 없이 수업을 듣게 되었다. 어디론가 도망가고 싶은 심정이었다. 한 번도 책을 안 가져온 적이 없었다. 아무도 나에게 뭐라고 하지 않았지만 머릿속이 아득해지고 눈앞이 캄캄해졌다. 나는 수업 시간 내내 죄를 지은 사람처럼 고개를 들 수 없었다. 다른 아이들이 웃고 떠들며 수업 시간을 즐길 동안 나는 텅 빈 책상을 보며 사라진 수학 교과서를 생각했다.

그때 내 눈에 웃고 있는 그 아이가 보였다. 그리고 그 아이의 손에 쥐고 있는 연필이 보였다. 아침에 그 아이에게 다가가 내 연필이 아니냐고 물었다. 하지만 그 아이는 나에게 기분 나쁘다는 듯이 아니라고 대답을 하고는 쌩하고 사라졌다.

그날 나는 교실에 남았다. 아무도 없는 교실에서 그 아이의 사물함 앞에 섰다. 잠시 고민했지만 나는 침을 크게 삼키고 그 아이의 사물함을 열었다. 그 안에서 나는 내 수학 교과서를 발견할 수 있었다. 나는 조용히 수학 교과서를 챙겨 교실을 나섰다. 그때까지만 해도 나는 이 일이 밝혀지면 그 아이가 받을 비난을 생각하고 아무 말도 하지 않기로 생각했다 그것은 한때 친구라고 여겼던 그 아이에게 주는 마지막 기회였다.

그러나 그 아이는 내가 준 기회를 구겨서 나에게 다시 던졌다. 다음 날 수학 시간, 나는 자연스럽게 내 가방에서 수학 교과서를 꺼냈다. 나와 눈이 마주친 그 아이는 내 책상에 있는 수학 교과서를 발견했다. 그 아이의 눈은 나와 수학 교과서를 번갈아 보더니 가늘어졌다. 그리고 나에게 믿지 못할 말을 꺼냈다.

"너 내 사물함 뒤졌니?"

"어?"

그 말을 듣는 순간 온몸이 불이라도 난 듯이 화끈거렸고 심장은

갈 곳을 못 찾고 이리저리 튀기 시작했다. 그 말을 들은 아이들이 웅성거리며 모여들었다. 알고 보면 먼저 내 수학 교과서를 훔쳤던 그 아이가 잘못한 것인데도 그 아이는 당당했고, 나는 그렇지 못했다. 나는 겨우 내 입에서 한마디를 꺼냈다.

"아니."

"근데 네가 왜 네 수학 책을 가지고 있어. 그거 내 사물함에 있었는데."

그 아이는 훔쳤다는 말을 직접적으로 하지 않았지만 간접적으로 인정한 꼴이었다. 하지만 그 아이의 당당한 기세에 아이들은 그 아이가 훔쳤다는 말을 했다는 것을 깨닫지 못하는 듯했다. 그 아이를 알고 있다고 생각했지만 상황이 이토록 엉뚱한 방향으로 흘러갈 거라고 미처 생각하지 못했다. 나는 흐트러진 모습을 보이지 않으려 안간힘을 썼다.

"내 수학 책이 왜 네 사물함에 있어. 훔치기라도 했니?"

"내 사물함을 왜 뒤져. 도둑이니?"

내가 묻는 말은 대답 없이 흩어져 버렸다. 내가 묻는 말에는 대답을 하지 않고 큰소리로 받아치는 그 아이와 마주하고 있자니 온몸에 힘이 풀렸다.

어느새 아이들의 웅성거림은 모이고 모여서 소란이 되었다. 다들 말도 안 되는 억지라는 것을 알고 있었다. 그 아이가 내 사물함에서 수학 교과서를 훔쳤고, 내가 그 아이의 사물함에서 수학 교과서를 되찾아 왔다는 것은 확실했다. 그러나 내 편으로 확 기울지 않는 말도 안 되는 상황이 벌어졌다. 나는 책을 읽고 글을 쓴다는 이유로 아이들과 관계를 두텁게 하지 않은 것을 후회했다. 나와 그 아이를 둘러싼 아이들은 섣불리 그 누구의 편도 들어주지 않은 채 눈치만 살폈다. 나는 더욱더 당당해지는 그 아이 앞에서 어떤 아이가 되어야 하는지 깨달았다. 나는 다시 아이들과 관계를 두텁게 하지 않아 나에 대해 잘 모른다는 것을 고마워했다. 나는 울음을 터뜨렸다. 내가 아이들에게 착한 아이라는 것을 너무나도 잘 알고 내린 결정이었다.

갑자기 눈물을 쏟아 내는 내 모습을 보며 아이들은 당황했다. 하지만 그것도 한계가 왔다. 억지로 나오는 눈물은 금방 그치기 마련이었다. 나는 손으로 입을 틀어막으며 새어 나오는 울음을 참는 듯한 모습으로 교실을 빠져나왔다. 그 순간 운이 좋게도 선생님과 마주쳤다. 나는 아이들을 뿌리치고 선생님을 지나쳐 화장실로 들어가 문을 잠갔다.

어느새 아이들이 걱정하는 듯이 내가 들어간 화장실 칸 앞에 서 있었다. 나에게 문 틈 사이로 휴지를 건네는 아이들에게 들리도록 더 크게 엉엉 울었다. 그리고 그 아이의 편에 섰던 아이들의 마음마저 돌리고 나서 문을 열고 나왔다. 그리고 조금은 슬픈 얼굴로 교실로 돌아왔다.

왜 그동안 그 아이가 나쁘다는 것을 몰랐을까. 그날 이후 모든 게 이해되기 시작했다. 왜 한 번도 내게 박수를 쳐 주지 않았는지, 왜 자꾸 나한테 빌려 간 연필을 잃어버렸는지, 왜 몰래 내 수학 교과서를 훔쳤는지. 한동안 그 아이를 떠올릴 때면 마음이 시끄러웠다. 그 아이의 달콤한 말에, 그 아이의 친한 체에 좋다고 넘어간 내가 그렇게 바보 같지 않을 수 없었다.

그날 이후 그 아이와는 서먹한 사이가 될 거라 예상했지만 그 아이는 언제 그랬냐는 듯이 태연하게 나에게 말을 걸어 왔다. 그 아이는 그런 식으로 나에게 그날 일을 사과하고 싶지 않았던 것이다. 나는 그런 그 아이의 태도 때문에 더욱더 그날 처음으로 느낀 배신감이란 감정을 고이 접어 마음 밖으로 훌훌 털어 낼 수 없었다. 다시 내가 그 아이의 꼬임에 넘어간 척 웃으면서 지내는 것은 나에게 너무 큰 용기가 필요한 일이었다. 여름방학이 지나도 나는 그 아이와 적당히 말을 하고, 적당히 거리를 유지한 채 과하지도 부족하지도 않은 관계를 유지했다. 그렇게 그날 이후에도 그 아이와 나 사이는 겉으로는 아무것도 달라진 것이 없었다.

새 학기가 돌아왔고 그 아이는 전학을 가 버렸다. 교실에 새로운 아이들이 들어찼지만 그 아이를, 그 아이와 있었던 수학 교과서 사건을 쉽게 떨쳐 버릴 수 없었다. 그때 그 아이가 만든 작은 구멍 사이로 나의 믿음은 빠져나가 남아나질 않았다. 그 구멍은 채워지지 않은 채 나를 괴롭혔다. 나는 서서히 착하지만 착하지 않은 아이가 되었다.

나는 마음에 들지 않는 아이와도 어울렸고, 내키지 않는 일도 마다하지 않았다. 하지만 겉으로 보이는 나와 속으로 숨겨져 있는 내 마음은 전혀 일치하지 않았다. 나는 눈이 있었고, 귀가 있었고, 입이 있었지만 진심을 내보이지도 받아들이지도 못했다. 내 눈은 마주 보는 시선을 피했고, 내 귀는 들려오는 목소리를 막았고, 내 입은 진심을 꺼내지 못하는 가벼운 입이 되었다.

누구나 자신을 감추며 살아가지만 나는 내 안에서 어떤 일이 벌어지는지조차 알아차리지 못했다. 어느새 나는 나조차도 나의 삐뚤어짐을 때때로 스스로도 주체하지 못했다. 나는 그렇게 세상을 올바르게 대하지 못했다. 그렇지만 언제나 나는 착한 아이라고 불렸다. 착한 아이로 감추는 삶은 언제나 지쳤지만 그로 인해 얻는 것은 언제나 달콤했고, 나는 그 달콤함을 잊지 못했다. 그것은 그저 착한 아이였던 것과는 확연히 다른 것이었다.

그러나 나는 언제나 초조해하며 살았다. 천천히 녹이면 원래 모습을 되찾지만 센 힘을 가하면 으스러지는 얼어 버린 꽃처럼 나는 누군가가 나의 꽃을 깨 버릴까 무서웠다. 비닐봉지처럼 얇은 막을 가지고 있던 나는 누군가 나를 건들기라도 하면 그 감정들이 비닐봉지를 뚫고 쏟아져 나올 것이라는 것도 알고 있었다.

그런 나에게 한 아이가 보이기 시작했다. 아이들이 시선조차 두지 않는 노숙자에게 자신의 간식비를 선뜻 내어 주고, 아이들이 헛소문을 퍼뜨리고 다니는 것을 알면서도 모른 척 넘어가 주는 아이가 보이기 시작했다. 친구가 늦으면 자신이 일찍 나왔다면서 미안해하면서, 친구가 일찍 오면 늦지도 않았으면서 미안해하는 그 아이가 언제나 바보 같다고 생각했다.

그러나 추운 겨울, 그 아이는 차가워진 내 손을 자신의 따뜻한 손으로 감싸 자신의 주머니 속으로 넣어 주었다. 그리곤 말해 주었다. 집 밖으로 나갈 때부터 손을 따뜻하게 하기 위해 손을 꽉 쥐고 나온다고, 그러니 너도 꽉 쥐라고. 나는 고개를 끄덕였다.

나는 나를 감추기 위해 날카롭게 날을 세웠지만 그 아이는 그것마저도 감싸 안아 줄 만큼 강했다. 그 아이는 절대 바보같이 착한 아이가 아니었다. 그 아이는 언제나 사람을 진심으로 대했고, 그것만으로도 만족하는 아이였다. 그 아이는 절대 상처받지 않는 아이였다. 설사 상처를 받더라도 금방 훌훌 털고 극복하는 아이였다. 그것은 그 아이가 언제나 진심을 다하기 때문이었다.

그렇지만 나는 그때 상처를 극복하지 못했다. 나는 한 번도 착한 아이였던 적이 없었다. 그러나 착한 아이가 되려고 노력했고, 착한 아이가 된 줄 알았던 나는 진심을 다하지 않았으면서 진심을 다친 것처럼 상처 받은 척, 슬픈 척, 온갖 척은 다 했다. 그리고 그 후 완벽하지도 않은 착한 아이의 모습을 지키기 위해 나는 꽃이 깨질까, 비닐봉지가 뚫려 버릴까 두려워 내 모습을 점점 더 감추었다. 그런 나에게 그 아이는 따뜻한 손을 내밀어 주었고, 그 따뜻한 손은 차가워진 내 손을 따뜻하게 만들어 주었다.

그날 이후 겨울이 오면, 나는 집을 나설 때 손을 꽉 쥐고 나간다. 누군가의 차가워진 손을 따뜻하게 하기 위해.

0.99 어느 날 한 친구에게 편지를 받았어요. '너를 만나지 않았더라면 어떻게 되었을까.' 그렇게 말해 주는 친구가 있어서, 그렇게 말할 수 있는 친구가 있어서 고마웠어요. 언젠가는 그 친구에 대해 이야기하고 싶어요.

별, 흔적들

L is fatal

1

그해 가을, 나는 아무것도 잃을 게 없었다.

중상위권 내신 성적, 체육 시간에 혼자 운동장으로 이동하는 처지를 면하게 해 주는 몇몇 친구들, 싸이월드 광장에 사랑에 관한 시를 쓸 정도의 감성, 그리고 길거리에서 외국인을 만나면 '헬로우, 하와유, 아임 파인 땡큐, 앤 유?' 이상으로 대화를 진전시킬 수 있는 영어 회화 실력. 아마도 운이 좋으면 서울 소재의 대학에 진학해 주말마다 용돈을 충당하기 위한 파트타임 아르바이트를 하는 이십대를 맞게 될 것이었다. 사색적이고 관념적인 글을 쓰게 되는 불면의 밤들도 가끔 찾아오곤 했지만, 효용 가치가 없는 감정들은 단칼에 베어 내듯 폐기 처분을 해야 한다고 생각했다. 그런 밤, 가장 두려운 건 중학교 시절 '올수' 성적표를 꺼내 보거나 야망에 차 휘갈긴 일기장을 펼치게 되는 일이었다.

잃을 것이 없었으므로 죽는 것이 두렵지 않다고 호기도 부릴 수 있었고, 또래보다 좀 더 막돼먹은 방식으로 살 수가 있었다. 예를 들어, 무단으로 하교를 하거나 수업 도중에 교실을 나가 돌아다니는 것 같은 어정쩡한 교칙 위반들. 선생들의 눈 밖에 나기는 충분해도 학교를 잘릴 정도는 못 되는 그런 하나 마나 한 반항 말이다.

삶은 비루했고, 모든 사건들이 기억의 재현이었다. 지금 일어나고 있는 일들은 과거에 내게 일어났던 일들의 반복이거나, 그것들의 변주에 불과했다. 미래 또한 아직 포장이 뜯기지 않은 현재였으니 지루하다고 말할 수밖에 없었다. 그리하여 2006년, 2007년, 2008년은 내 머릿속에서 빙판을 선회하는 스케이터처럼 빙빙 돌았고 그보다 이후의 일들을 생각하면 눈앞이 아득해졌다. 지쳐 있었고, 쉬고 싶었지만 둥그런 세상은 가속이 붙어 굴러가고 있었고, 사람들은 추락사를 면하기 위해 안간힘을 썼다. '좀 더 창의적으로, 좀 더 유능하게!' 길거리의 대형 스크린이 희번덕거리며, 혹은 신문 지면에 등장하는 인사들이 인류에게 외치는 메시지였다. 나도 미래 사회의 일원이 되기 위해서는 창의적이고 유능한 인간이 되어야만 했고, 남들과 같은 길을 걸어야 성공을 거머쥘 확률이 높았고, 지옥 같은 학교에서 내 인생의 2년을 그런 식으로 바쳐야 했다. 유예된 시간은 모두 어디로 흘러가 무엇이 되는 것일까 궁금했지만, 21세

기형 인간이 되기 위해서는 그런 생각일랑 접어 둘 필요가 있었다.

2

　신발 끈을 고쳐 매느라 무릎을 굽혔다. 순간, 자동차 한 대가 눈앞을 씨잉 소리가 나도록 거세게 스쳐 지나갔다. 놀라지도, 피하려 하지도 않았다. 저 차에 그냥 치었어도 괜찮지 않았을까, 생각하면서 나는 대충 매듭을 짓고 일어나 다시 언덕을 오르기 시작했다. 십년도 넘게 살아온 이 자그마한 동네에는 언덕이 아주 많다. 수많은 언덕들로 이루어진 하나의 언덕인 셈이다. 언덕을 오르는 것이 나의 일생이었다고 말할 수도 있을 만큼 셀 수 없이 언덕을 올랐고, 언덕길 위에서 많은 것을 배웠다. 언제부터였을까, 언덕길이 참을 수 없는 무거움으로 탈바꿈한 것은.

　가을부터였다. 뜨지 않기를 바랐던 해가 뜨면 기계적으로 알람을 끄고, 미적미적 교복을 입고, 밥을 먹고, 작은 목소리로 "다녀오겠습니다." 하고 말한 뒤 느리게 몸을 움직여 언덕길을 오르는 아침이 반복되기 시작했다. 언젠가 보았던 영화처럼, 마치 똑같은 하루에 갇혀 있는 것 같았다. 언덕 위에 위치한 학교는 야유하듯이 깃발을 흔들며 나를 맞아 주었다. 교실에 도착하면, 나는 걸상 위에 축 늘어진 채로 1교시 수업 교과서와 필통을 주섬주섬 꺼냈다. 무엇을 했는지도 기억이 안 나는 수업이 끝나면, 나는 시든 꽃처럼 고개를 숙이고 연습장에 일기를 쓰거나 책상에 고개를 묻고 자는 척을 했다. 점심시간이 되기 전까지 내리 잠을 자도 나를 깨우는 선생님은 없었다. 내가 어떤 애라는 걸 파악한 선생들은 한심한 눈길로 나를 흘끗 쳐다보다가 눈이 마주치면 외면하기 일쑤였고, 나 역시 그들을 낯선 눈초리로 노려보다가 책상에 엎드렸다. 나무늘보처럼 잠을 많이 잤기 때문에 3교시쯤 되면 눈이 말똥말똥 떠지곤 했다. 그래도 일어나고 싶지 않았다. 눈을 뜨면, 어깨를 펴고, 말을 하면 또 달려들 것이기에. 그들의 냉혹한 시선이, 날카롭게 박혀 드는 말들이. 투명인간처럼, 존재감을 지워 버리는 게 차라리 나았을 것이다. 눈에 띄지 않기 위해 잠을 자는 척하는 동안 나는 교실 바닥의 아가리가 벌어지고 그 안의 늪으로 침전하는 것만 같은 절망에서 허우적거렸다. 비록 그것이 겉보기에는 고요하고 흔들림 없어 보였을지라도. 선생님의 말소리, 아이들의 떠드는 소리, '그들'의 비웃음과 냉소가 내 머리 위로 바람처럼 지나갈 때 내 눈에는 피보다 뜨거운 눈물이 고였다. 내가 약자라는 사실에 한없이 자존심이 상했다.

'왜 이런 일이 나에게 일어나는 걸까, 대체 어디서부터 꼬인 걸까!'

나는 소리 없이 절규했다. 아마, 시작은 그때가 아니었을까, 추측해 본다. 뜨지 않기를 바랐던 해가 뜨면 기계적으로 알람을 끄고, 미적미적 교복을 입고, 밥을 먹고, 작은 목소리로 "다녀오겠습니다." 하고 말한 뒤 느리게 몸을 움직여 언덕길을 오르던, 가을의 시작.

B와 반에서 가장 친한 친구인 A와 내가 짝이 되었던 9월이었다. B는 A의 옆자리에 앉으려고 했고, 엄격한 선생님들의 눈을 피해 비교적 '만만한' 수업 시간에만 내게 자리를 바꿔 달라고 했다. 나는 A와 함께 있으면 편했지만, B의 자리 주변에 앉은 아이들은 나와 친하지 않아 불편했다. 괜히 자리를 바꾸어서 모두를 어색하게 만드는 일이 싫었다. 처음부터 부탁을 딱 잘라 거절하는 것도 예의는 아니라고 생각해서, 마지못해 그나마 몇 번 자리를 바꾸어 앉기는 했지만, 나는 더는 자리를 바꾸고 싶지가 않았다.

어느 수요일, B는 억지로 생글생글 미소를 띠며 내게 다가왔다.

"우리, 자리 바꿔 앉자!"

순간적으로 짜증이 치밀었다.

'자기가 뭔데 이래라 저래라야? 내가 싫다는데.'

"안 바꿀래."

나는 간단히 말하고 자리에 털썩 앉아서 다음 수업 교과서를 펼쳤다. B는 어이가 없는 얼굴로 잠시 서 있더니 휙 돌아서서 자기 자리로 가 앉았다. 수업시간 내내 기분이 개운하지는 못했다.

아니나 다를까, B는 포기하지 않았다. 내가 쉬는 시간에 화장실에 다녀온 사이 자기의 책가방을 내 책상에 떡하니 올려놓고 그 위에 앉아 있었다. 내가 눈짓을 해도 이쪽은 쳐다보지도 않고 A와 신난 얼굴로 떠들어 대고 있었다. 나는 낮은 한숨을 쉬면서 필기구와 교과서를 챙겨 B의 자리에 앉았다. 뒤에서 '갔다!' 하는 소리가 들렸다. 얼굴이 절로 찌푸려졌다.

다음 시간은 점심시간이었다. 급식을 다 먹은 아이들은 가을볕이 좋은 오후에 교정을 돌아다니고 있었고, 주번인 나는 칠판을 닦고, 교실을 쓰느라 교실에 남았다. 청소를 끝마친 후 시계를 보니 5교시 시작종이 울리기까지 5분가량 남아 있었다. 만족스런 얼굴로 내 자리에 앉았다. 종이 울리자 아이들이 우르르 쏟아져 들어오기 시작했다. 금세 사방이 시끌벅적해졌다. B의 목소리도 그중에 섞여 있었는데, 일부러 돌아보지 않았다. B가 이쪽을 보았다. 그 애는 짜증이 한가득 묻은 얼굴로 나를 찌릿하게 노려보았다. 입술을 달싹이더니, 선생님이 들어오자 제 가방을 가지고 갔다.

5교시는 국사였다. 살인적인 졸음을 참으며 한참 사각사각 판서를 공책에 옮겨 적어 내려가는데, 옆쪽에서 날카로운 시선이 느껴졌다. 고개를 돌리니 B가 눈길을 피하지도 않고 그대로 독기 품은 눈으로 바라보고 있었다. B가 옆자리 아이에게 무어라고 소곤거렸다. 옆자리 아이는 과장된 몸짓으로 '진짜?' 하고 놀라는 것 같더니 입가에 비틀린 웃음을 흘리며 나를 보았다. 둘의 눈동자에 이채가 서렸다. 두 사람이 똑같이 비뚤어진 입술과 똑같이 시퍼런 눈으로 이쪽을 주시하고 있었다. 나는 가슴이 철렁 내려앉는 것만 같았다. 불길한 예감이 들었다. B는 소위 말하는 '노는 애'였고, 그런 B의 눈에 자기 부탁을 거절하는 내가 곱게 보일 수가 없었을 것이다.

'내가 너무 고집을 피웠던 걸까?'

나도 모르게 연필을 떨어뜨린 채 멍하니 앞을 바라보았다.

좀 더디게 가길 바랐던 수업시간이 끝나 버리고, 종이 울렸다. 절반이 쏴아아 교실을 빠져나가고, 나를 비롯한 나머지 절반의 아이들이 책상에 엎드리거나 핸드폰 슬라이드를 밀어 올렸다. 나도 왠지 자는 척을 해야 할 것 같아, 엎드려서 눈을 감았다. 왠지 모르게 심장이 쿵쾅거렸다.

역시나 B가 내 자리로 다가왔다. 엎드려 있었지만 B의 목소리였다. 이번에는, 한 무리의 친구들과 함께였다. 나는 정말로 잠들어 버리고 싶었다. B와 친구들은 교실이 떠나갈 듯 커다란 목소리로 떠들면서 내가 깨어나기를 기다리는 듯했다.

'설마, 설마 내게 무슨 말을 하려고 모여 있는 게 아닐 거야.'

애써 스스로를 다독이면서 나는 몸을 일으켰다. 그냥 내가 과민 반응한 거라고 말이다. 눈가를 매만지며 일어나 보니 내 주위에는 나를 쳐다보는 몇 명의 아이들이 서 있었다. 하나같이 치마를 짤뚱하게 줄여 입고 얼굴에는 짙게 분을 찍어 바른 아이들이. 눈썹이나 콧망울 옆에 은색 피어싱을 하고, 머리털을 노랗게 물들인, 그러니까 한 마디로 무서운 아이들이 지금 나를 노려보고 있었다.

"……"

잠시 침묵. 아이들도, 나도 아무 말도 하지 않았다. 어색한 몇 초가 흐른 뒤에 처음 보는 아이가 내게 말했다.

"야, 얘가 너 나오래."

B가 시킨 듯, 그 애가 내게 말했다. 나는 약간 움츠러든 채 아직 아무 말도 않고 있었다. 동시에, 화가 났다. 친구들까지 데려와서 내게 위협을 가하려는 B의 유치한 수작에 머리부터 발끝까지 화가 났다. 내가 그 아이를 쳐다보기만 하고 대답을 하지 않자, 나오라고 말했던 아이가 바닥에서 방방 뛰며 나 들으라는 듯 소리쳤다.

"아, 애가 왜 이렇게 싸가지가 없어!"

나는 어찌할 바를 몰랐다. 어떻게 해야 할지 상황 파악이 얼른 되지 않았던 나는 대답을 하지 않았고, 그들의 오해를 샀다는 것을 깨달았다. 아이들이 재수 없다는 얼굴로 나를 노려보다가 하나 둘 발길을 돌려 각자의 반으로 돌아갔다. B도 매서운 눈길을 거두고, 수업이 또다시 시작되었다. 그때 6교시 수업이 뭐였고, 무슨 내용을 배웠는지, 전혀 기억나지 않는다. 새하얗게 질린 얼굴로 허공만 바라보고 앉아 있었기 때문이다. 가만히 앉아 있는데도 몸이 흔들릴 정도로 심장이 거세게 뛰었던 것만이 기억난다.

B, 그리고 그 애의 친구들은 끊임없이 수군거리기 시작했다. 나에 대해서, 서로 안다고 할 수 없는 사이인데도 그들은 집요하게 발톱을 세우고 나의 모든 것을 헐뜯었다. 수업 시간, 쉬는 시간, 할 일이 마땅치 않을 때면 으레 무리 지어 이쪽을 노려보면서 험한 욕을 내뱉고는 했다. 노골적으로 시비를 걸어오는 것이었지만, 나는 무시하고 싶었고, 또 무시할 수밖에 없었다. 나는 혼자였고 그들은 열명이 넘었다. 나는 친구들이 적었고 B는 싸우고 헐뜯는 일에는 도

가 튼 친구들이 한 부대나 있었다. 엎드려 자는 척할 때면 내게 하는 것이 분명한 험담들이 차가운 돌처럼 내 가슴에 콕, 콕 박혀 들었다. B가 욕을 섞어 내 이름을 부를 때에는 모른 척했다. 설마 내 이름이 아닐 거라고, 내 귀가 잘못된 거라고 중얼거리면서 말이다.

사람의 몸은 참 신기한 것이다. 듣고 싶지 않다고 생각하면 정말로 들리지 않게 된다. 이따금씩 귀가 들리지 않는 때가 생겼다. 뇌가 욕임을 인지하고 걸러 내는 것이 아니라, 어조와 높낮이와 음색 같은 것들이 B의 목소리와 비슷한 소리면 무엇이든 잘 들리지 않았다. 사람들이 말하는 문장들에서 가끔 그렇게 한 귀퉁이 떨어져 나가곤 했다. 구멍이 난 문장들, 특정한 단어만이 들리지 않는 불구의 말들.

그리고 또 한 가지 견디기 어려웠던 것은 그들의 시선이었다. 내가 무엇을 하든, 어디에 있든 죽일 듯이 노려보는 그들의 시선이 끈덕지게 따라왔다. 나는 항상 앞만을 바라보고 있었다. 옆얼굴로 느껴지는 시선들을, 뿌리치기는 힘들었지만 차라리 눈을 마주치지 않으면 마음이 덜 아플 것 같았다. 그들은 나의 일거수일투족을 트집 잡았다. 넌 우리와 다르다고, 넌 이상하다고 말이다. 스스로 이상함을 의식하면 의식할수록, 내 행동은 위축되고 어색해져 갔다. 이상 행동, 이해받고 싶다고 열망할수록, 불가해한 행동을 멈출 수 없었다. 그들이 나를 이렇게까지 싫어하는 이유가 무엇일까, 생각해 봤지만 끝내 명료한 답은 나오지 않았다. 좋아하거나 미워하는 것에는 이유가 있겠지만 사랑에는 이유가 없듯이, 증오에도 이유는 없으니까.

태어나 처음으로 세상이 나와 한 몸이 아니었고, 세상은 낯설었다. 내가 이방인이었으므로, 세상도 나에게 이방이었던 것이다. 모두가 나만을 쳐다보고, 내 행동에서 이상한 점을 찾아내려 애쓰고 있는 것만 같았다. 사람들의 눈이 칼처럼 날아와 나를 죽일 것 같았다. 견디기 어려운 공포였다. 절망의 빛깔은 항상 푸르렀다. 내가 끼고 다니던 무드 링mood ring은 착용한 사람의 체온에 따라 색깔을 달리함으로써 기분을 알려 주었는데, 그 나날 동안 무드 링은 항상 녹이 슬다 만 것 같은 푸른색을 띠었다. 하루 중 온전하게 나 자신으로 산 시간은 거의 없던, 하루를 마치고 침대에 누울 때면 그래서 뼈를 깎아 내는 듯 참담한 눈물이 흐르던 푸르게 색 바랜 나날들.

나를 둘러싼 모든 것이 혼란스러웠고, 나 또한 세상에게 이해받지 못했던 시절. 나를 구원할 수 있는 것은 나 자신뿐, 자칫하면 내 남은 인생이 흔들릴 수도 있는 위기라고 생각했다. 어찌 보면 학창 시절 한 번쯤 겪을 수도 있는 일이었지만, 시간이 해결해 주리라고 막연히 넘기기엔 집에서도, 학교에서도 내몰리고 있는, 너무도 절박한 상황이었다. 스스로를 이대로 방치하면, 결국 나의 나약한 자아는 잘못된 길을 택하고 말 것 같았다. 도움이 필요했다. 나는 바뀌어야 했다.

책을 읽고, 인터넷 상담 게시판을 이용하고, 내 곁에 있는 선생님들과 친구들에게 마음을 털어놓기도 하고, 직접 시간을 내어 청소년 상담 센터에 찾아가고, 교회 예배를 빠지지 않고 참석했다. 그렇게 해서 만난 사람들은 사람에 대한 불신으로 가득 차 있던 나에게 따뜻한 조언을 아끼지 않았고, 그들이 나를 살아가게 했다. 나에게 따스한 충고를 아끼지 않았던 어느 대학생 선배, 종교적인 신념을 갖고 의연하게 살아가는 법을 가르쳐 주신 교회 선생님, 나를 위해 기도해 준 친구들, 그리고 언제나 나와 함께 하셨던 나의 신(神). 세상에는 나쁜 사람들도 많지만, 좋은 사람들은 아마 그보다 좀 더 많을 것 같았다. 그렇게 믿어 보기로 했다.

"네가 나쁜 게 아니야. 살다 보면 가끔 운 나쁘게도 괜한 오해가 생겨 널 싫어하는 사람들이 생길 수 있는 것이고, 사실 그런 일은 종종 일어나기 마련이란다. 선생님이 보기에 그들이 너를 미워하는 것에는 뚜렷한 이유가 없는 것 같다. 그런 상황에서도 너는 너 자신으로서 늘 당당해야 한단다."

상담 선생님은 나에게 말씀하셨다. 선생님의 입을 빌려 천사가 말하는 것 같다고 나는 생각했다. 가슴과 가슴으로 만나는 대화였기에 선생님의 말들은 나의 가슴에 자리를 잡았고, 그렇게 가을의 끝자락을 위태위태하게나마 버텨 내었다.

물 흘러가듯이 가을은 지나, 겨울이 왔다. 희망이 손에 잡힐 듯도 했지만 모든 건 여전했다. 여전히 B의 무리가 내 욕을 하고, 다른 아이들은 그것을 들으면서도 모른 척하고, 몇몇 아이들은 나와

B 무리 사이의 일을 모르고, 어쨌든 모르든 모르는 척하는 것이든 그들 중 누구도 날 도와주지 않았고, 칼같이 서늘한 바람이 내 심장 속으로 매일 불어왔다. 그 겨울에는 내 생일이 있었다. 1학년과 2학년 사이에서, 나는 매일 언덕길을 오르고, 희미한 옛 추억에 대하여 생각하면서 수백 번도 더 들은 음악을 듣고 또 들었다. 다소, 시시포스적인 겨울이었다. 우울증, 배척당하기 쉬운 특이한 말투와 행동, 반을 주도하는 집단의 괴롭힘, 스스로를 증오할 밖에 도리가 없는 날들, 죽고 싶었지만 내 삶은 내 것이 아니었기에 마음대로 죽어지지 않았다.

그해 겨울, 정말로 나는 잃을 게 아무것도 없었다.

3

겨울이 지나고 봄이 왔다.

나는 고되었던 1학년을 마치고 2학년이 되었다. B를 위시한 무리들은 모두 다른 반으로 진학했으므로, 교실은 한 복도에 있어도 이제 더는 마주칠 일이 없게 되었다. 하나, 둘 아이들과 안면을 트고 말을 주고받으면서 나는 새로운 반에 적응하고 있었다. 1학년 때의 우울한 모습은 씻은 듯이 사라지고 원래의 내 모습을 되찾아 갔다. 반 친구들은 나를 좋아해 주었다. 쉬는 시간마다 내 목소리가 교실을 가득 채웠고, 친구들은 내 이야기에 적극적으로 맞장구를 쳤고, 내가 쏟아 내는 농담에 허리가 꺾어지도록 웃었다. 우리는 함께 복

도를 뛰어다니며 소리를 지르거나 매점에 갔다가 수업 시작종이
울리면 까르르 웃으면서 교실에 마지막으로 들어와 문을 닫는 멤
버들이었다. 수업 시간을 까먹기 위해 아이들이 지목하는 건 항상
나나 C였다. 나는 분위기를 띄웠고 아이들은 환호하며 내 이름을
불렀다. 그럴 때면 마치, 아이돌 스타라도 된 기분이었다. 세상은
참으로 살만한 곳이구나, 나는 간만에 찾아온 행복을 만끽했다. 내
얼굴은 매일 삶의 기쁨으로 빛나고 있었고, 억지로 웃거나 깊은 생
각에 잠기는 일은 아주 사라졌다.

　학교가 끝나면 일단 모여서 석식을 먹고, 어디로 갈까 궁리했다.
나는 특별실에서 야간 자율 학습을 했기에 무단으로 '튀어야' 했고,
다른 아이들은 주로 집에 가거나 교실에서 야자를 했기에 감독관
선생님의 제재를 받지 않았다. 미국산 쇠고기 수입 반대 시위가 열
리던 무렵에는 학교가 끝나면 종로로 갔다. 청계광장 근처에는 음
식점이 매우 많으므로, 로티보이나 버거킹, 맥도날드 같은 비교적
저렴한 가게에 들어가 군것질을 한 뒤 교보문고에서 아이쇼핑을
하고 일곱 시에서 여덟 시 사이에 시청으로 이동하는 식이었다. 물
론 가는 곳마다 우리는 난동에 가까운 소란을 피웠다. 서점에서는
개찰구에 서 있던 빨간색 푯말을 뽑다가 직원에게 들켜서 달음질
을 치고, 커피숍에서는 가게 안의 손님들이 눈살을 찌푸릴 정도로
큰 목청으로 떠들기도 했다.

　시위가 시작되려 할 때쯤 대개 뿔뿔이 흩어지고, 매번 남는 세 명

끼리 청계광장에서 시청으로, 시청에서 다시 교보빌딩 앞으로 촛불을 높이 쳐들고서 가두시위를 했다. 정치색이 짙은 시위가 아니었으므로, 우리는 비장한 결의는 없었지만 나라를 꾸려 가는 국민의 일원으로서 무언가 가슴 벅찬 자부심 같은 것을 느꼈던 것 같다. 우리 중 한 친구가 판소리를 배운 적이 있어 목청이 매우 시원시원했으므로 시위대 끝자락에 서서 우리는 가장 큰 목소리로 시위대를 선동했다. 그때, 영화 〈친구〉에 나오는 대사처럼 우리는 함께였기에 아무것도 두려울 게 없었다. 밤샘 시위를 다녀온 우리는 교내에서 히어로로 떠올랐다(사실, 밤샘은 하지 않았고 새벽 한 시경 귀가를 하는 길에 거리에서 우동을 먹고, 차가 끊겨 걸어오느라 밤을 샌 것처럼 알려졌을 뿐이었지만).

예전엔 행복은커녕 아무 일 없이 무사한 하루를 보낼 수 있게 해 달라고 매일 아침 기도하면서 학교에 다녔는데, 하고 그때를 떠올리면 가슴에 희미하게 따끔, 통증이 일었다가 사라졌다. 학교에서 B와 B의 친구들을 잠깐이라도 마주치고 나면 여파가 더욱 오래갔다. 작년의 일을 아직 잊은 건 아니었다. 지난날 내가 어떤 지옥 같은 시간을 경험했는지, 다수가 피우는 냄새가 얼마나 냉랭한 것인지를. 아직 벗어날 수 없는 이유는, 내가 믿는 신이 뜻한 바일 거라고 다만 생각했다. 내게 무엇인가를 가르치기 위함일 것이다. 많은 것을 깨닫고 성장했다고 스스로 자만해 왔지만 아직 더 배울 것이 남았던 것이리라. 시간은 상처가 아물도록 약을 발라 주었으나, 거기에 흉터를 남겨 놓았고 흉터가 지워지기까지는 단지 시간이 흐르도록 내버려 두는 것 이상으로 내가 해야 할 몫이 있는 것이다.

어느덧 여름도 훌쩍 자취를 감추고, 또다시 가을은 오고야 말았다.

9월의 어느 날 우리는 서울 외곽에 있는 수련원으로 극기 훈련을 떠났다. 아이들은 저마다 한껏 들떠 있었고, 수련원으로 향하는 내내 버스 안은 수다를 떨거나 게임을 하는 아이들의 웃음소리로 가득 차 활기를 띠었다. 고된 체험 활동을 걱정하는 아이들도 몇 있기는 했지만 고등학교 마지막 여행인 만큼 선생님들도 우리를 되도록 풀어 주시리라는 기대가 있었다. 아이들의 웃음소리가 잦아들고 고개가 꾸벅꾸벅, 차창 밖으로 스치는 평화로운 전원 풍경도 무감해질 때쯤 버스는 구불구불한 도로를 올라 수련원에 도착했다.

어느새 졸음은 저만치 달아나고 우리는 와아 소리를 지르며 짐을 가지고 앞다투어 버스에서 내렸다. 극기 훈련은 실상 말뿐일 것이라 넌지시 짚었던 우리의 예상은 무참히 깨져 버리고, 도착하자마자 각 조별로 텐트를 배정받고, 짐을 풀고 다시 집합하여 산을 올라야 했다. 인디언 섬머Indian summer가 지속되는 9월의 다소 후텁지근하기까지 한 날씨에도 불구하고, 산 속에는 서늘한 바람이 휘돌고 있어 산을 오르는 우리의 잔등에 흘러내린 땀도 금세 차게 식었다. 산을 내려오는 우리의 얼굴에는 산행으로 인한 피로함은커녕 학교나 가정이라는 일상의 족쇄로부터 놓여난 야생의 생기발랄함이 넘치고 있었다.

산행 다음은 저녁 시간이었다. 조별 텐트 앞에는 할당된 나무 탁
자가 하나씩 있었는데, 여기서 각자 준비해 온 취사도구와 반찬, 재
료, 접시 등을 나열해 놓고 저녁을 지어 먹는 것이었다. 우리 조는
애피타이저로 먹을 스프와 후식까지 철저하게 준비했고, 돼지 목살
고기와 통조림 햄을 주재료로 해서 만든 김치찌개와 삼겹살 구이
는 우리 반 아이들 모두가 몰려들었을 정도로 대성공이었다. 목구
멍 밑까지 음식물이 차 오른 듯한 포만감을 느끼며 우리는 몸을 뒤
로 젖힌 채 한가롭게 이야기를 나누었다. 프라이팬에서는 아직도
돼지고기 기름이 이따금 톡, 톡 튀어 오르고 실오라기 같은 연기가
솟았다가 허공에서 사라졌다. 고즈넉한 산의 그림자가 땅거미를 드
리우며 검은색에 가까운 한없이 짙은 초록색을 발했다. 서쪽 하늘
에 해가 서성거리면서 구름의 무리가 엷은 붉은색과 주황색, 노랑,
분홍으로 물들어 갈 무렵. 우리는 잠시나마 대학 입시, 중간고사,
모의고사, 우리 앞에 놓여 있는 아득히 먼 것들을 잊을 수 있었다.
단조롭게 이어지는 평화, 깨어지기 쉬운 유리알 같은 찰나. 우리는
그런 것을 행복이라고 불러야 하는 것일까. 언제 내 손을 떠날지 몰
라 전전긍긍하면서도. 붉은 눈동자 같은 해를 보면서 나는 조금 한
기를 느꼈다.

"○○아, 가자! 강당으로 모이래!"

D가 나를 불렀다. 강당에서 영화를 상영한다고 했다. 영화는 재

미있었지만 강당 바닥에 드러눕자 참을 수 없이 졸음이 밀려왔다. 아무래도 산을 탄 것이 오래간만이어서 피로가 쌓였나 보다, 생각하면서 잠시 눈을 감고 잠에 취했다. 영화가 끝난 뒤 친구들이 나를 깨워서 함께 텐트로 돌아갔다. 밤이 되니 기온이 매우 낮아져 침낭을 깔고 옹기종기 텐트 안에 붙어 앉았다. 텐트 천장에 손전등을 걸고도 사위가 어두워 한 친구가 자가 발광기를 손으로 돌려 빛을 비췄다. 그윽하고도 으슥하여, 감춰진 이야기들을 풀어놓고 싶어지는 밤이었다.

아이들은 같은 반 친구들에 대하여 얘기하기 시작했다. 이야기는 주제 없이 이리저리 흐르다가, D가 같은 반 E의 이름을 들먹인 순간 끊임없이 흘러나오기 시작했다. 나는 자꾸만 졸렸다. 어둠 속으로 침몰하는 것 같은 현기증을 느꼈다. 깊고 푸르른 어지러움이었다. D와 E 사이가 좋지 않다는 것은 처음 듣는 사실이었다. 아이들은 한패가 아닌 아이들을 돌아가며 헐뜯었다. 다른 텐트 안의 사정도 마찬가지였을 것이다. 서른 명이 넘는 아이들이 사이좋게 어울리는 건 물론 어려운 일이지만, 평소 잘 지내는 것 같아 보이던 친구들의 속마음을 듣고 나니 놀랍지 않은 것은 아니었다. 흘끗 텐트 안을 둘러보니, 아이들이 바짝 붙어 앉아서 흥미진진한 눈으로 이야기를 듣고 있었다. 낮은 목소리, 수군수군 소문이 퍼져 나가는 소리, 아이들은 흐름이 끊길세라 숨소리도 죽였다. 그 와중에 F만이 침낭 속에 웅크리고 애써 자는 척하는 중이었다. 점점 머리가 아프다. 그만 잠들라고 건조한 눈이 비명을 지른다. 어른어른거리며 자잘한 물결을 일으키는 개울 속처럼 나는 부드러운 어둠 속에서 해초처럼 흔들렸다. 마르지 않는 샘물처럼, 아이들의 뒷담은 끝도 없이 솟아 나왔다.

아이들이 갑자기 머리통을 맞댔다.

"너네 그 얘기 알아? G가 글쎄……."

"쉿, 조용히 해 봐! G 내보내고 얘기하자."

"근데 어떻게 대놓고 나가라고 하냐."

"그럼 언제까지 기다려야 돼? 쟤가 가만 두면 나갈 애냐?"

나는 텐트에 들어온 후 처음으로 G의 존재를 알아차렸다. 불빛도 닿지 않는 텐트 구석에 그림자처럼 소리 없이 앉아 있는 그 애를. G는 고개를 푹 숙여 버렸다. 아이들은 그런 G는 아랑곳 않고 G를 내보내야 한다, 어떻게 내보내느냐 하며 떠들었고 나는 식별할 수 없는 어둠이 내게 다가오는 것을 멍한 눈으로 바라보고 있었다.

"알았어, 내가 나갈게."

이윽고 G는 떨리는 목소리로 말했다. 그리고 그 애는 텐트 밖의 어둠 속으로 비척거리며 사라졌다. 아이들이 무어라고 수군거리다가 이내 자기들의 얘기로 돌아갔다. 천장이 핑글 도는 것만 같이 어지러웠다. 또 다른 B들이다. 나도, 사실은 B였다. '우리'라고 말했었지만 실은 '그들'이었다.

나는 쫓기듯이 텐트 밖으로 나왔다. 하늘에는 별이 옹기종기 모여서 떠 있었다. 자갈 밟는 소리에 고개를 돌려 보니 어느새인가, 잠을 자는 척하던 F가 따라 나와 내 옆에 서 있었다. F가 중얼거렸다.

"○○아, 너무 무섭더라고. 그래서 나도 나와 버렸어. 너무 무서워서……."

나는 가만히 고개를 끄덕거리면서 F에게 잠깐 앉자고 말했다. 우리는 자갈 바닥에 퍼질러 앉아 말없이 밤하늘을 바라보았다.

"그래도, 나쁜 애들은 아니잖아. 우리 친구들이잖아."

"분위기에 휩쓸려서 그런 거지."

두서없이 내뱉는 내 말에, F도 몽롱한 목소리로 답했다. 우리는, 실낱같은 희망이라도 갖고 싶었다.

천 개의 눈들이 우리를 내려다보는, 그리고 별들이 눈물처럼 글썽이는 밤이었다. 접촉이 나쁜 전등처럼 깜박거리며 별들은 신호를 보냈다. 별들이 기억하는 것, 그들이 전하고자 하는 이야기. 실로 오랜만에, 나의 귀는 명료하게 소리를 받아들였다. 별들은 쉴 새 없이 깜박거리면서 말했다. 인생에서 만나는 모든 인간은 너의 지표라고. 세계와 내가 한 몸이라면, 세상이 유기적으로 연결된 존재들의 거대한 집합이라면, 모든 사람들은 내가 지나온 과거의 흔적과 내가 미래에 갖게 될 무언가를 동시에 갖고 있는 것이었다. 그들은 나의 과거이거나 미래이고, 그들은 악하지도, 선하지도 않다. 그저 거기 존재하면서 서로의 시간을 흐르게 할 뿐.

F와 나는 그 밤, 하늘 아래 조그맣고 조그만 두 개의 지표였다. 우리는 땅 위에 앉아 언제까지고 하늘을 바라보았다. 가장 낮은 곳에서, 별들을 사랑하며 살아가는 것만이 이제 우리에게 주어진 일일 것이라고, 생각했다. 바람결에, 가슴속에 응어리졌던 것들이 흩어져 빈자리에는 물처럼 서늘한 것이 찰랑거렸다. 나의 미움과 사랑은, 지금 이 자리에서 바람을 타고 스쳐 지나가기 위하여 기다려 왔던 것이다. 그것들은 영원하지 않은 것이었고, 우리의 눈동자 속에 하늘이, 하늘이 우주의 영원을 말하고 있었다. 우주의 영원은 사물의 변화를 통해 이루어지는 거시적이고도 완전무결한 역사. 처음으로, 세상이 아름다울 수 있다고 생각했다. '그들'에게만이 아니라, 나에게도.

현재의 나와 완전히 똑같은 사람은 한 명도 없지만, 우리는 공통분모를 가졌던 적이 있거나 곧 가지게 될 것이다. 어제까지의 행적을 통해 오늘을 예측할 수 있기는 하나 중요한 것은 변화의 가능성이다. 나는 나의 흔적들인 그들을 다시 한 번 믿고 싶었다. B가 내게 했던 일들도, 방금 텐트 안의 친구들이 저지르려 했던 일들도, 감히 용서라는 말을 할 수 있다면 그렇게 하고 싶었다. 우리는 아직 아름다울 수 있다고.

삶을 포기하고 싶다고 생각했던 하루하루가 나를 자라게 했고, 조금도 아프지 않고 지나친 하루는 실제로 내가 깨어 있지 않았던 시간, 그러므로 공허하고 몽상적인 낙원이었다. 나는 아주 오랜 시간, 어쩌면 우주가 시작되었던 때부터 나를 기다려 왔을지도 모를 고통의 얼굴을 보았다. 매몰차게 내쳐 버리기만 했던 나의 고통을 손짓하여 부른 순간, 그는 나의 친구가 되었고 그때 나는 세계의 일부였다. 누구의 눈물일까, 별이 미끄러져 내리고 누가 먼저랄 것 없이 우리는 입을 열어 이야기를 나누기 시작했다. 살풋 비눗방울 같은 웃음이 터졌다. 너는 나의 흔적이고 나는 너의 흔적으로 존재하는 순간, 우리의 앞에 펼쳐진 사랑스런 날들, 우리의 별들…….

우리가 희망처럼 동이 터 오기를 기다리는 동안에 지난 1년의 시간이, 밤하늘에 뜬 별들을 엮으며 다시금 흐르고 있었다.

L is fatal 이 글을 쓴 지 7년이 흐르고, 이십대 중반이 된 내가 여기 있습니다. 얼마나 감수성 예민하고 상처받기 쉬운 나이였나, 하는 실소와 함께, 여렸던 청소년 '나'를, 어른이 된 내가 안아 주기 위해 들추고 싶지 않은 기억의 습작을 세상에 내보냅니다. 누구든 타인을 미워할 수도, 타인에 의해 미움을 받을 수도 있지만, 누군가를 미워하는 인간이 절대 악인 것도, 미움받는 인간이 열등하거나 잘못된 것도 아닙니다. 삶의 한순간일 뿐이니 끌어안으시길! 누군가가 제 글에서 위안을 얻어 간다면, 그것으로 만족합니다.

우리(遇離) - 만남과 이별

키로

우리는 즐거운 반이었다. 공부를 못하는 건 물론 교실도 가장 더러웠고, 수업 분위기도 집중보다는 잡담, 그러니까 화기애매(?)에 가까웠다. 그야말로 한 학년에 한 반씩 있는 문제아 반. 보통 이런 반은 체육이라도 잘하곤 하는데, 우리는 전교 일등에 빛나는 줄다리기 실력을 제외하곤 스포츠도 꽝이었다. 그럼에도 우리가 모두 모여 있으면 혼이 나든 벌을 받든 그저 즐거워서, 우리에겐 늘 '특이한 반'이라는 별명이 따라붙었다. 그래, 우린 정말 특이했기 때문에 즐거웠다.

그리고 그런 우리를 이끄는 대장이 바로 우리의 담임 선생님이셨다. 우리가 좀 특이한 반이었다면 우리 선생님은 정말 특이한 선생님이셨고, 우리가 함께 있으면 엄청나게 특이한 집단이 됐다. 각종

화려한 반티들이 판을 치는 체육대회에서 우리는 근처 찜질방에서 빌려 온 황토색 티셔츠와 반바지를 입었고, 다들 예쁜 모자들을 쓰고 있을 때 수건으로 양머리를 썼다. 등에는 옵션으로 깜찍한 무당벌레 날개까지 달았다. 물론 우리 선생님도 함께. '그게 뭐 어때.' 싶을 수도 있다. 하지만 우리 선생님은 보통이 아니었다. 우리 학교 선생님들 중에 가장, 혹은 개인차에 의해 밀려나도 두 번째로 예쁜 선생님이셨으니, 선생님이 찜질방 패션으로 망가지신 건 학교의 파란 중에 하나였다. 그럼에도 우리는 우리 반이 제일 튀어서 기분 좋다며 그저 즐거워했다.

그렇게 우리는 제자와 선생님이 너무나 잘 어울리는 최고의 콤비로 1학기를 보냈다. 성적이 꼴찌인 게 조금 마음에 걸리긴 했지만, 그까짓 공부는 2학기 때 열심히 해서 일등 해 버리면 그만이었다. 2학기 때는 축제에 수학여행까지 있어서 흔들릴 가능성이 농후했는데도 우리는 자신만만이었다. 선생님과 반 친구들이 있는데 무엇이 두려울쏘냐. 놀 땐 놀고, 공부할 땐 공부하면 되는 걸. 우린 공부도, 노는 것도 일등을 하겠다며 각오를 불태웠다. 방학 때도 열심이었다. 선생님께서 연수 때문에 2주간 학교를 비우시긴 했지만, 우리는 선생님의 빈자리를 채우기 위해 더 열심히 공부했다. 모두가 함께 일등이 되어야 했으니까.

그렇게 방학을 보내고, 개학을 하고 3일 뒤인 8월의 마지막 날, 즐거웠던 1학기는 완전히 끝이 났다. 그리고 그와 함께 선생님과 우리도 서로에게 안녕을 고했다. 모두 함께 노력해서 일등의 자리를 탈취해야 하고, 수학여행과 축제에서도 7반의 명성을 유지하기 위해 열심히 놀아야 하지만, 선생님은 우리와 함께할 수 없다고 했다. 그때 즈음이면 선생님은 영국에 계실 거라고 했다. 그렇게나 끔찍한 소리를, 우리는 3일 전인 개학식 날에야 들을 수 있었다.

물론 전혀 몰랐던 건 아니다. 선생님께 직접 그 이야기를 듣기 전부터 우리 반 모두가 알고 있었다. 방학이 시작하기 전부터 학교 내에는 선생님의 이민 소문이 퍼져 있었고, 학교에는 이미 교원 모집에 관한 글이 게시되었으며, 선생님들께서도 우리에게 말실수를 통해 이 사실을 가르쳐 주시곤 했다. 그리고 결정적으로 방학의 끝자락, 연수를 이유로 자리를 비우셨던 선생님의 싸이월드에는 영국에서 찍은 사진들이 있었다. 선생님께서는 연수 따위 가지 않으셨고, 다만 완전한 정착을 위해 영국에 가 계셨을 뿐이었던 거다. 우리는 조금 배신감을 느끼기도 했던 것 같다. 다른 반 아이들은 모두가 알고 있던 사실을 우리 반만이 모르고 있었단 게 화가 날 만큼 서운하기도 했다. 하지만 지금까지 선생님의 행동을 떠올리자 금방 알 수 있었다. 선생님께서도 많이 고민하고, 망설이고, 또 힘들어하고 계시다는 걸.

그래서 우리는 기다렸다. 매일 기정사실화되어 들려오는 소문들 때문에 하루에도 몇 번씩 미치도록 불안했지만 선생님께서 직접 말해 주기만을 기다렸다. 선생님 앞에서도 전혀 내색하지 않고 항상 웃었고, 즐거운 7반을 지켜 나갔다. 모두의 얼굴에 불안의 그림자가 드리우는 건 선생님이 교실을 나선 뒤였다. 괜찮을 거야. 서로가 서로의 어깨를 두드리고는 씩 웃으면서 불안을 떨쳐 내기도 했다.

사실 확정된 일이었는데도 그렇게 마음을 다잡지 못한 건 정말 믿고 싶지 않았기 때문이다. 그걸 받아들이기가 너무 어려웠다. 아니, 믿기는 했다. 모든 사실이 너무나 확실해서 믿지 않을 수가 없었으니까. 하지만 실감이 나질 않았다. 모두가 같은 마음이었다. 선생님이 나가면 모두가 둘러앉아 불안한 마음을 누그러뜨렸다. 우리 7반을 이끌 수 있는 건 우리 선생님 말고는 아무도 없고, 선생님께서 아무 말씀도 안 하시니까 분명 헛소문일 거라고, 무엇보다 선생님이 우리를 두고 어딘가로 갈 리가 없다고. 우리는 함께 찜질방도 가야 했고, 단체로 외출을 해서 삼겹살도 구워 먹어야 했다. 그 약속을 지켜야만 했다.

하지만 그런 생각은 모두 순간의 아픔을 진정시키기 위한 진통제에 불과했다. 선생님은 떠나신다. 다른 선생님에게 우리 반을 맡기고 영국으로 떠나시는 거다. 함께 찜질방도 갈 수 없고, 삼겹살도 구워 먹을 수 없다. 그걸 누구보다 잘 알고 있는 건 우리였다. 누구나가 괜찮을 거라고 말은 했지만 사실은 각자 선생님과의 이별을 준비하고 있었다. 그래서 괜한 걱정까지 했다. 우리 이러다가 정작 마지막 날에 너무 담담하게 선생님 보내는 거 아니야? 선생님 딴에는 어렵게 얘기했는데 전혀 놀라지도 않고 그래서 선생님 뻘쭘하면 어떡하지? 그렇게 애써 우스갯소리를 던지곤 했다.

다행이랄까, 불행이랄까. 그건 정말 완벽한 기우였다. 선생님께서 이야기를 꺼내시자 우리는 바람에 날리는 갈대처럼 흔들렸다. 단순히 '2학기 때 선생님이 바뀔 거다.'라고 알고 있는 것과 '이제 선생님과 함께할 수 있는 시간이 3일밖에 남지 않았어.' 하고 확실한 날짜까지 받아 놓는 건 천지 차이였던 거다. 인간은 언젠가 죽는다는 걸 알고 있는 것과 '당신은 3일 뒤에 죽습니다.'는 선고를 받았을 때의 차이 정도일까? 비약이라고 할 수도 있지만, 3일 뒤라는 통보를 받은 순간 우리의, 그리고 나의 세상은 달라졌다.

잠이 달아나질 않아 짜증을 내며 간신히 일어나던 아침에도 또 새로운 하루가 시작됐다는 생각에 눈이 번쩍 떠졌고, 언제나 똑같이 흘러가던 학교생활도 가벼운 마음으로 지나칠 수가 없었다. 평소에는 느리게만 가던 시간이 흡사 최면이라도 걸린 것처럼 빠르게만 느껴졌다. 우리에게 3일이라는 시간은 그야말로 3배속으로 흘렀다. 그 속에서 나는 매일 밤마다 그저 바랐다. 이제 하루가 가고 또 하루가 가면 3일째의 하루가 시작될 거고, 그럼 우리는 이별의 날을 맞는다. 그러니까 부디 선생님과 함께하는 시간이 끝나지 않기를. 제발 하루가 가지 않기를 바랐고, 아침이 오지 않기를, 시간이 느리게 가기를 바라고 또 바랐다.

하지만 영화나 소설 속에서처럼 똑같은 하루만 반복되는 기적 같은 건 일어나지 않았다. 마지막 날인 31일은 어김없이 찾아와서 똑같이 해가 떴고, 새가 지저귀었고, 선생님은 마지막 조례를 위해 교실 문을 여셨다. 그렇게 언제나처럼 당당한 걸음으로 교탁 앞에 서시는 선생님을, 나는 뿌연 안경을 쓰고 봐야만 했다. 이걸로 마지막이다. 이제 더 이상 "잘 잤냐?" 하는 시원한 아침 인사는 들을 수 없다. '오늘 하루도 제발 사고 치지 말고 무사히 보내 달라.'는 장난기 어린 당부도 들을 수 없다. 아침이라 부산한 모습에도 불구하고 여전히 예쁜 우리 선생님을 볼 수도 없다. 그런 생각 때문에 선생님의 농담에도 웃을 수 없었다.

그래도 이별은 멋져야만 한다는 게 아직 어린 우리의 생각이었다. 선생님을 볼 때마다 눈물이 날 것 같아도, 끝까지 특이한 7반으로 있기 위해 우린 많은 준비를 했다. 몰래 사 놓은 케이크에 초도 꽂았고, 멋지게 불러 드릴 노래도 준비했다. 선생님을 웃게 해 드리기 위해 깜짝 인사도 생각해 놓았다. 평소에 남자 반보다 지저분하다는 평가를 받던 교실도 우리의 필사적인 노력 덕에 몰라보게 깨끗해졌다. 물론 선생님은 아무런 눈치도 못 채셨을 거다. 선생님께서 쉬는 시간에 잠깐 들렀을 때도 우리는 언제나 7반이었으니까. 선생님 말은 지지리도 안 듣고, 교실도 돼지우리처럼 더러운 7반.

그런 준비와 기대, 그리고 이별이라는 느낌이 주는 두려움 속에서 마지막 순간은 찾아왔고, 이번에도 우린 자신만만이었다. 우리가 준비한 송별회는 정말 멋졌으니까.

하지만 마지막이란 건 정말 몹쓸 녀석이라 무엇 하나 우리의 뜻

대로 이루어지지 않았다. 우리는 그저 울기만 했다. 목이 메어서 말할 수 없고, 손이 떨려서 인사할 수 없고, 눈이 부어서 앞이 보이지 않을 정도로 울었다. 문을 열고 들어오시는 선생님께 한목소리로 불러 드리자고 준비한 '당신은 사랑받기 위해 태어난 사람'은 한 소절도 채 부르지 못하고 입속에서 잦아들었다. 평소의 선생님이었다면 분명 "당신은? 그게 끝이냐? 당신이 뭘 어쨌는지 말을 해야 알거 아냐." 하고 투덜대셨을 거다. 하지만 선생님은 아무 말씀도 하지 못하셨다. 이렇게 흐지부지하게 보내 드리기엔 너무 죄송스러워서 다시 숨을 고르려 해도, 한번 나오기 시작한 눈물은 그칠 줄을 몰랐다. 인사? 케이크? 노래? 선물? 정말이지, 마지막 순간을 맞이한 우리에게 저런 게 무슨 소용이 있었을까. 그저 선생님을 1초라도 더 많이 봐 두기 위해 눈을 크게 뜨고, 조금이라도 진정하기 위해 끅끅대며 가슴을 두드리는 게 우리가 할 수 있는 전부였다.

그런 우리를 안타깝게, 그리고 서글프게 바라보던 선생님은 결국 눈물을 보이고야 마셨다. 절대 울지 않는다고, 내가 너네 때문에 울면 인간이 아니라고 호언장담하셨으면서 말이다. 그러다 겨우 서로의 눈물이 잦아들자 선생님은 입을 여셨다. 떠듬떠듬. 언제나 당당하던 선생님께선 찾아볼 수 없던 모습으로, 너희와 헤어지는 게 이렇게까지 아플 줄은 몰랐다면서 말을 시작하셨다.

"모른 척해 준 게 너무 고맙다. 내 입으로 직접 말하고 싶었거든. 모르는 척해 주는 일이 이렇게나 고마운 일이라는 걸 너희 덕에 배우고 가는구나."

"너희는 참 예쁜 제자였는데, 정말 해 준 것도 없이 멀리 떠나게 돼서 너무 미안하다."

"그래도 사람이라는 건 100일을 못 보면 금방 잊는다더라."

"우리가 만난 지 1년도 안 됐는데, 설마 보고 싶어서 죽기야 하겠냐."

"너희는 나를 3일만 기억해라. 그럼 나는 30년을 기억하마."

"너희들 한 명 한 명한테 편지라도 써 줄까 했는데, 내가 어떤 흔적이든 남겨 봐야 너네 생활하는 데 불편할 뿐이잖아. 그러니까 아무것도 남기지 말고 떠나야지 없었던 사람처럼 잊을 수 있을 것 같아서 말았다."

"언제나 기죽지 말고 7반답게 당당하게 살아라. 알았지?"

잊으라는 말이 슬펐다. 이제 다시는 선생님을 보지 못한다는 게 실감이 나서, 그래서 겨우 잦아들던 흐느낌은 다시 커졌다. 너무 아쉽고, 서운하고, 슬퍼서 정말 한없이 울었다. 남들은 서로를 싫어하면서도 1년을 꼭꼭 채우고야 헤어지는데 그렇게나 즐거웠던 우리는 왜 그 반밖에 함께하지 못하나 싶어서 억울하기만 했다. 어쩔 수 없다는 걸 알면서도, 선생님께 우리가 첫 번째가 아니라는 게 서운했다. 그리고 이제는 이 이별을 피할 수가 없다는 사실이 서글펐다.

그렇게 한 시간을, 우리는 그저 울며 보냈다.

'한 학기 동안 즐거웠어요, 가서도 잘 지내세요.' 그렇게 말하면서 담담하게 헤어졌으면 깔끔하고 좋았을지도 모른다. 목이 메고 머리가 아파서 밥을 못 먹는 일도 없었을 테고, 서로를 우는 얼굴로 기억할 일도 없었겠지. 하지만 그렇게 헤어지기에는 선생님이 너무 멋진 분이셨다. 그래서 도저히 웃으며 보낼 수가 없었다. 우리에게 함께할 수 있는 시간을 조금만 더 허락해 준다면, 정말 누구나 부러워할 정도로 즐겁게 지낼 수 있을 텐데. 그렇게 한없이 되뇌었다. 이미 5개월을 꽉 채워서 즐겁게 보냈는데도 이렇게나 미련이 남아서, 우리는 웃으면서 헤어질 수가 없었다.

하지만 웃든 울든 이별은 이별, 우리는 정말 마지막 인사를 해야만 했다. 선생님은 정말 떠나셨고, 우리는 이 학교 같은 교실에 7반이란 이름 그대로 남았다. 선생님이 없는데도 우린 7반이어야만 하는 거다. 그러니까 선생님 말씀대로 우리가 선생님을 기억하고 있어 봐야 선생님 없는 새로운 생활에 적응하기 힘들어질 뿐이다. 그래서 선생님은 우리에게 잊으라고, 선생님이 있었던 흔적을 모두 지우라고 하신 거겠지. 선생님은 몇 년이고 기억하고 있겠지만 너희는 잊으라고 하신 거겠지. 선생님을 잊지 못해 계속해서 아쉬워하는 우리의 모습을 미리 예상하셨기 때문에 애써 모진 말을 하신 거겠지.

하지만 우리는 잊어도 좋은 기억은 아무것도 없다고 믿는다. 지워도 좋은 흔적 같은 건 존재하지 않는다고 생각한다. 수많은 만남과 이별, 그 속의 기억들 모두가 소중하다는 걸 안다. 그래서 우리는 잊지도 않고, 지우지도 않는다. 다만 선생님과 함께했던 시간을 소중한 추억으로 남겨 오늘도 목표를 이루기 위해 새로운 각오를 다질 뿐이다.

분명히 선생님이 앉아서 웃고 계셨던, 지금은 다른 사람이 앉아 있는 그 자리를 바라보면서.

키로 9년 전의 글 속에서 아직 고등학생, 그것도 1학년이던 시절의 나를 다시 만나게 되었습니다. 별것 아닌 일에도 참 잘 웃고 잘 울고 많이 즐거워하고 또 슬퍼하던 여학생이 여기 있었네요. 그 생기발랄한 어린 나의 모습에 괜히 지금의 내가 진 것 같은 느낌이 듭니다. 하지만 그 시절의 나는 아직 몰랐겠죠? 책을 만드는 사람이 되고 싶다는 꿈을 미래의 내가 이루었다는 걸요.

내 나이는 4일입니다

미랑

한 달의 방학이 끝나고 전국 각지에서 기숙사로 아이들이 귀사한 날이었다. 개학식 전야에 나와 H는 기숙사를 빠져나왔다. 창문 밖으로 손가락만 내밀어도 삐삐 하고 세콤이 울려 대는 삼엄한 기숙사의 좁은 환풍구로 낑낑대며 몸을 빼냈다. 아이들의 눈을 피하느라 수풀에 무릎을 대고 창문 밑으로 바짝 엎드려 한참을 기었다. 만감이 교차했다. 사감이 두렵지는 않았다. 오히려 유쾌했다. 말은 없었지만 너도 그랬으리라. 당시의 우리에게 기숙사란 수인들이 다닥다닥 갇혀 있는 교도소와 다르지 않았으니까. 금지된 무언가를 깨트린다는 그 아찔함은 소설 속 주인공들, 그리고 우리에게만 허락된 자유였다. 사람의 시선이 닿지 않는 곳에 이르러서 우리는 한참을 웃었다.

반항 심리로 탈출을 감행한 건 아니다. 장발장이 빵을 훔친 이유가 그저 배가 고파서였기 때문이라는 것을 기억하는지? 다른 사람들이 납득할 수 있을지에 대해서는 자신이 없지만, 우리도 단지 배가 고팠을 뿐이다. 초코파이가 들어 있는 캐비닛 열쇠를 가진 룸메이트가 다른 방에서 잠들었는지 보이지 않았다. 그렇다고 핸드폰 라이트를 비추며 이미 소등된 호실들을 돌아다닐 수는 없는 노릇 아닌가. 음료수를 뽑아 마시는 편이 낫다고 여겼고, 기숙사를 빠져나와 자판기를 향해 걸어갈 때까지만 해도 게토레이와 사이다 사이에서 귀여운 고민을 했다. 달 좀 보다가 애니메이션실이나 수학실에서 자야지. 따뜻하니 잠도 잘 오겠다고 생각하면서. 그렇지만 모든 복병이 그렇듯 사건은 전혀 예상하지 못한 곳에서 터지고 말았다. 모든 발등은 믿는 도끼가 찍는다. 자판기에 불이 들어오지 않았다.

개학식 전야였다. 사람이 없으므로 방학 동안 자판기는 꺼져 있었을 것이다. 행정실 직원의 부지런함을 너무 믿었다. 직책만 행정실 직원일 뿐 모든 학생들이 '박형'이라고 부르는 그는 내일 켜야겠다고 생각했던 건지도 모른다. 돌아보면 덕일 그의 게으름 탓으로, 나와 H는 더 이상 학교가 아니라 스케일 크게 면 단위로 움직이기로 했다. 어느덧 멀어져 버린 교문을 뒤로 하고 선택의 기로에서 한참을 망설였다. 학교가 위치한 대전면 행성리에서 왼쪽으로 가면 닭집 〈쉼터〉가 있는 수북리가 있고, 오른쪽으로 가면 수북리보다 조금 번화한 대치리가 있다. 어느 쪽으로든 한 번 왕복하는데 한 시간이 넘으니까 쉬운 결정이 아니다. 닭집의 어드밴티지가 컸던 수북리로 걸어가면서도, 곧 학교로 돌아올 것임을 의심하지 않았다. 사랑하는 H. 나는 지금도 가끔 그려 보고는 한다. 수북리로 가지 않았다면 어떤 미래를 맞이하게 되었을까.

새벽 두 시라고 봐도 좋겠다. 그곳까지 가는 동안 우리는 줄곧 구름만을 보았다. 여지껏 보았던 어떤 구름보다도 황홀했고, 인터넷에서 본 고비 사막의 하늘보다 아름다웠다. 더 나은 색깔의 밤이 앞으로 있을 수 있겠지만, 더 아름다운 구름은 더 이상 없을 것이다. 너도, 나도, 그러므로 아무도 이의를 제기하지 않았다. 무엇 때문에 그렇게 아름다웠을까. 너무나 낮았기 때문이 아닐까. 너무나, 라는 말을 백 번쯤 써도 모자라는 것 같다. 심지어 내 발보다 낮기도 했으니까. 6차선 도로의 한복판이었다는 사실도 한몫했겠다. 도로 말고는 아무것도 없는 곳에서 구름이 그토록 낮게 펼쳐져 있는 풍경은 말로 설명하기가 어렵다. 구름이 땅으로 내려오면 안개가 된다던가. 구름이 안개가 되기 그 직전의 고도에서 단단하게 뭉쳐진 구름들은 정말로 예뻤다. 산과 바다가 포개어진 장면을 상상할 수 있는지? 나는 목격했다. 하늘과 땅이 입을 맞출 때 세상이 어떻게 보이는지를.

쉼터는 다행히 열려 있었다. 여기서 다행이라는 표현은 아줌마가 잔소리로 증언한 바 쉼터는 원래 밤 열한 시에 문을 닫는 곳이었기 때문이다. 닭다리를 양념에 찍어 먹는데 어찌나 재밌던지. 소년들의 탈출과 모험이 새삼 최초일 리 없음은 알았지만, 남들이 자는 시간에 깨어 있는 것만으로 좋을 때가 있는 법이다. 그렇게 한참을 시시덕거렸다. 대화가 눈에 띄게 줄어든 건 내가 화장실을 다녀온 시점이다. 어색해서라는 건 말도 안 되고, 잠이 온다는 것도 그 상황에는 어울리지 않았다. 나는 우리가 사실 눈과 침묵을 통해서 더 많은 대화를 나누었다고 당시를 기억한다. 한참의 침묵 끝에 그는 아쉽다고 말했다. 나는 내 지갑을 들어 보였다. B고교 학생이냐고 묻는 아주머니의 질문을 내가 긍정하지 않고 여행 중이라고 답했을 때 그 합의는 마침내 절정에 이르렀다. 아주머니가 운전하시는 차를 타고 학교 근처에 내렸다. 그리고, 당연히, 우리는 학교로 돌아가지 않았다. 너머로 걷기 시작했다. 내일이 개학이라는 사실과 우리가 내일 학교에 있어야 한다는 것이 꼭 상관관계를 가질 필요는 없다. 때로는 하려고 했던 것, 해야 하는 것을 반드시 할 필요는 없는 법이다. 중요한 건 호기심을 쫓는 것이니까. 기숙사 밖에, 학교 밖에, 또 그 밖에는 무엇이 있는가.

여행자들은 종착역은 몰라도 대개 다음 역은 알더라. 우리도 알았다. 광주. 버스를 타면 40분이지만 걸어서는 가 본 적 없는 곳. 다리를 토닥이며 걸어가면서 우리는 부모님과 선생님들을 걱정하고 두려워했다. 그러나 곧 두려워하지 않기로 했다. 일어나지 않은 일에 대해서 걱정하는 일은 얼마나 쓸데없는 짓인가. 행복한 순간에 행복이 끝나는 순간을 걱정하는 바보가 되지는 말자. 늘 지금, 여기에 있자. 여행자라면 여행의 순간에 충실하자고 다짐한 뒤로 우리에게 닥친 세상은 눈물겹도록 아름다운 것이었다. 별이 보고 싶어서 하늘을 메운 구름에게 사라지라고 외쳤다. 구름은 빠른 속도로 흩어졌다. 내가 아는 모든 사람의 수보다 많은 별이 나타났다. 이세 문장 사이에 모든 신비가 있다. 그 많았던 구름이 내 말 한마디에 즉각적으로 사라졌으며 나는 왕따가 아니었으므로 하늘의 별은 무수했다. 삼백 개까지 세다 그만두었다. 그 황홀함을 나타낼 수 있는 적당한 표현을 아는지? 정말로 이상한 일은 따로 있었는데 6차선 도로 한복판에 누워서 그 모든 것들을 지켜보면서도 차가 나타날 것에 대한 불안감이 들지 않았다는 것이다. 모든 존재와 연결이 끊어진 것 같았다. 세계에 오롯이 우리 둘만이 존재하는 느낌, 별과 바람으로 충분했던 그 감정을 지금도 나는 기억한다.

그 뒤로 우리는 많은 것들을 만났다. 동굴도 산도 아닌 곳에서 커다랗고 뚜렷하게 사람처럼 들려오는 메아리와 대화를 나누기도 했고, 별을 잡으려고 하늘까지 치솟아 있는 별을 따는 기계(날이 밝아 그게 공사용 기계임이 확인되어도 그 정체는 별 따는 기계임이 분명하다.)도 보았고, 새벽 5시면 비닐하우스에 애국가가 울려 퍼진다는 것도 처음 알았고, 주유소의 가격 판 숫자를 멋대로 바꿔 놓기도 했고, 공원에서 음료수 몇 병을 서리하기도 했고, 빈 사과 상자를 괜히 열어 보기도 했다. 그 모든 일이 우리가 걸어가는 동안 일어났다. 나는 그 중의 어느 하나도 미리 짐작할 수 없었고, 그제야 사람이 왜 걷는지를 알았다. 걷는다는 건 짐작할 수 없는 세계로 들어가는 것이다. 짐작될 수 없는 것들은 짐작될 수 없다는 이유만으로도 대개 경이롭다. 광주를 기점으로 남원, 순천, 산청, 심지어 전라도를 넘어 남해로까지 이어진 여행의 이야기는 기억으로 간직해야 할 것 같다. 분수며, 시장이며, 간디학교며, 펭귄교의 신도며 할 이야기야 많지만 담양에서 광주까지 걸어갔던 그 이야기로도 사실 충분하다. 그 여행은 그렇게 시작되었고, 그 여행 뒤에 이어진 나의 이야기들도 그렇게 시작되었다.

뒤처리는 만만하지 않았다. 4일이 넘도록 밖에서 보낸 시간들은 출석부에 엑스표를 꽤나 그었기 때문에 일주일간 신관 화장실 청소를 해야 했을 뿐더러 한동안 유명 인사가 되었다. H는 한동안 부모님에게 시달려야 했고. 그조차 우리가 여행을 통해 얻은 것에 비하면 민망한 정도지만!

H야. 어제도 누군가가 내게서 여행의 냄새가 난다고 하는 얘기를 들었다. 그의 말대로 내가 돌아다닌 곳이 적지는 않다만, 그가 맡았다는 여행의 냄새는 분명 너와 함께했던 그 밤의 냄새일 것이라고 짐작한다. 여행의 냄새는 짐을 단단히 싸 들고서 "엄마, 다녀올게." 따위의 얘기를 하는 것보다는, 돌아올 지표를 버리고 끊임없이 새로이 만나는 곳을 집으로 삼아 가는 움직임에서 풍기는 게 아닐까. 우리 둘 다 한 번도 언제 돌아갈지에 대해 말하지 않았고, 학

교로도 돌아간 것이 아니라 학교를 새로운 여행지 삼아 떠났으며, 지금도 내가 다음 여행지로 떠나왔고, 앞으로도 끊임없이 떠나갈 것처럼.

사랑하는 H. 이 글은 여행기이기 이전에 내 삶이 어디에서부터 시작되었는가를 기록하는 서문이다. 함께 있었던 너에게 보내는 고마움의 편지다. 사람이 제대로 살았던 날만으로 나이를 센다면 내 나이는 열아홉이 아니라 4일이라고 불러야 하지 않을까. 그조차 네가 있었기 때문이고, 네가 없었다면 나는 순순히 개학을 맞이했을 것이다. 짐작할 수 있었던 그 세계에 계속 머물렀을 것이다. 여행 냄새는 나지 않는 인간으로 살아야 했을 것이다. 부디 잘 지내고, 남원의 어느 예배당에 앉아 티셔츠에 함께 새겼던 말처럼 별이 되어 다시 만나자. 그때는 외롭지 않게.

미랑 사람들이 사유하기를 좋아한다면 나는 사유 자체인 것 같다. 저녁의 정거장 신세를 더 이상 참지 않으려고 일어서는 중이다. 삶을 성찰하는 것 이외에도 세상과 같은 방향으로 향하는 거의 모든 것을 욕망하고, 수단과 방법을 가리지 않고 어떻게든 현실로 이뤄 내기 때문에 늘 자신을 '탐욕스럽고 집요하다'고 이야기한다. 결코 굴복시킬 수 없는 한 사람이 살아 있다면 어둠과 악은 총체적으로 실패한다는 말을 믿는다.

5.5개월 일기

늘별

나는 지난 근 2년간 소극적이며 책임감 없는 생활을 해 왔으며 그것이 습관화되어 있었다. 학원을 많이 빠지고, 숙제도 불성실하고 불규칙적으로 해 갔으며 어리광을 많이 피웠다.

그러던 중 중학교 2학년이 되었다. 중학교 1학년 교실이 '다 같이 놀자'는 분위기였다면 새로 올라간 중학교 2학년 교실은 처음부터 파가 갈려 있었다. 나는 중립이 좋았고 혼자가 편했다. 모든 아이들의 행동을 대충은 이해할 수 있었고, 그걸로 싸우는 것은 불필요한 행동이라고 생각했기 때문이다.

그런데 문제였던 것은 나의 '생각'. 내 입으로 말하기 참 그렇지만 나는 생각이 참 많았다. 그 '파'들의 신경전을 읽어 내느라 정신이 없었다. 신경전을 벌이는 아이들 무리에 휩쓸리지 않으려는 노력이었다.

그러나 그것은 역효과를 불러일으켰다. 나는 그 기 싸움을 읽어 내고 대처하려고 노력할 때마다 머리를 써야 했다. '그들이 대체 무슨 생각을 할까, 나를 왜 끌어들이려고 하지?' 하면서. 이것은 정신력을 필요로 한다. 앞에서 말했듯이 1학년 아이들은 처음에 이런 신경전이 있어도 시간이 지남에 점점 희미해져 가 '다 같이 놀자' 분위기였다. 그러나 2학년은 신경전이 끊임없이 되풀이되었다.

1학년 때 잘 먹히던 방법을 쓴 것인데, 나는 어리석었던 것이다. 점점 시간이 지날수록 정신력이 떨어졌다. 지금 생각해 보니 나는 내 정신력의 끝을 맛보았던 것 같다. 수업 시간에 수업은 들리지 않고 아이들의 말에 신경을 썼다. 시끄러웠던 우리 교실은 그야말로 '신경전의 떡밥'이 폭포수처럼 흘러넘쳤고 나는 그것에 신경을 쓰느라 당연히 수업 내용 자체를 듣고, 보고, 이해하고, 느끼는 데에 쓰여야 할 정신력을 나눠 준 것이다. 당연히 암기 과목들의 암기력이 떨어지고, 그 과목에 흥미도 줄어든다. 또 흥미가 줄면 집중이 전만큼 될 수가 없다.

내가 나의 상태를 느끼고 자괴감에 빠져, 학교를 나가 수업을 들으면 끔찍할 것이라는 생각에 무서워 학교를 하루 쉬면, 못 들은 진도를 맞추느라 수업을 제대로 따라가지 못한다. 중간고사야 그런 일에 아직 견딜만 했으므로 정말 눈 딱 감고 무사히 반 일등으로 끝낼 수 있었지만, 기말고사 기간이 다가오자 나는 지레 겁을 먹었다. 내 머릿속엔 온갖 당황스러움과 공포, 또 나에 대한 분노와 이런 생각에 대한 자책감 등이 섞여서 매일매일 둥둥 떠다니며 나를 괴롭혔다. 그리고 그렇게 편해지려는 마음에, 부끄럽지만, 엄마의

"학교를 쉬어 보는 건 어때?"

라는 단 한마디에 매혹되어 홈스쿨링 안에 손가락 하나를 집어넣었다.

물론 처음엔 그냥 한 달 쉬어 보겠냐는 얘기였다. 그러나 한 달 쉬고 난 뒤에 어린아이는 어떻겠는가. 낮 시간의 자유라는 잊지 못할 맛을 느낀 어린아이는 마음이 흔들렸다. 다시 힘든 곳으로 돌아가기보다는 편한 곳이 좋아서 어리광을 부렸다. 학교를 쉬는 한 달 동안 고민이 많은 엄마는 내 어리광을 받아 줘야 심적으로 편해질 거라는 걸 알고 있었다. 정말 직설적으로 말하면 자식이 부모를 이용한 거다. 그래, 그 말밖에 쓸 수가 없다. 그렇게 한 발자국.

문제는 그 뒤더라. 다른 사람들이 '학교 교육의 문제점 개선'이라든지 '자기 주도 학습' 같은 목표를 내걸고 시작했던 반면, 나는 내가 편하라고 시작한 것이라 무엇을 어떻게 해야 할지에 대한 고민과 생각이 부족했다. 어느새 두 달은 훌쩍 지나가 버리고 나도 엄마도 이런 짓을 계속해야 할지 확신하지 못했고, 평범하게 살았으면 좋겠다는 아빠의 의견에 다시 마음이 흔들려 여름방학이 끝나고 개학식 다음 날 학교에 출석을 했다.

안전빵을 원한 것이다. 하지만 이론적 안전빵은 실제 실험하고

다르다. 이를테면 진자 운동 같은 이론처럼 일상생활 내에서 실험하기에는 힘든 점이 있는 것이다. 나도 그렇다. 2학년이 되기 전에도 불규칙적이고 불성실하던 아이가 두 달간 집에서 지내기까지 했는데 학교를 가서 적응을 잘할까. 나는 못한다고 생각했다. 아니, 생각하길 포기했다. 그렇게 나는 2학기에 총합 이틀을 나갔다 아무 성과 없이 집으로 돌아왔다.

엄마의 걱정은 극에 달했고 나 또한 그것을 굉장히 많이 느껴 압박을 받았다. 과민 증세를 보였고, 이제부터 뭘 해야 되겠다는 생각보다 걱정이 앞섰다. 주변에 홈스쿨링 하는 친구는 당연히 없다. 따라서 어디서 충고를 받을 사람도 없었고, 부정적인 생각만 머릿속에 가득 차 내가 내 목을 죄었다. 무언가를 하라고, 무언가 가치 있는 일을 하라고. 그것은 엄마와 가족 모두의 바람이었고 나의 바람이기도 했다.

그러나 나를 그렇게 심리적으로 몰아세우니 내가 제정신이 아니더라. 무엇보다, 심리전 생각을 할 만큼 힘들었다. 차라리 버티는 게 나았을까? 생각을 해 보지만 전부 지나간 일. 자괴감에 빠져 나를 더 벼랑 끝으로 몰고 몰았다.

그러던 도중, 상담 날이 왔다. 오늘 무엇을 했냐는 선생님의 말에 나는, 아무것도 하지 않았다고 말했다. 내가 상담 선생님 입장이면 참 난처했으리라. 시간은 오후 네다섯 시인데 아무것도 하지 않았다는 게 말이 될까. 선생님은 다시 물었다. 아무것도 하지 않은 게

말이나 되냐면서 아침엔 무엇을 했냐고 말이다. '아침엔……' 나는 생각하기 시작했고 생각나는 것,

"아침엔 일어나서 밥을 먹고……."

하고 대답했다.

그런데 뭔가 떠올랐다. 익숙한 장면이었다. 곰곰이 생각해 보니 나는 예전 상담 때도 이러지 않았는가. 그 당시엔 공부가, 정확히 하자면 책상 위에서의 공부가 무언가를 한 거라고 생각해서 아무 것도 하지 않았다 답했다. 곧 책상 위 공부가 내 생활의 전부가 아니라는 것을 깨달은 이후 더 이상 그 답을 하지 않았는데, 데자뷰라고 하던가. 다시 아무것도 하지 않았다 말한 것이다. 그렇다면 이번 엔 무엇이 문제인가. '책상 위 공부가 전부라는 생각은 일찍이 버렸을 텐데…….' 하고 선생님의 질문에 대답을 하면서 머릿속으로는 그 생각을 했다.

두 번째로 깨달은 건, 내가 다른 이의 기준에 맞추려 하고 있다는 거다. 내 생각에 가치 있는 행동, 그러니까 아무것도 하지 않은 게 아닌 행동은 부모의 입장에서, 내 형제의 입장에서 내가 하는 것을 보고 가치 있다 평가할 그런 행동들이었던 것이다. (물론 '가치 있다'가 여러 사람의 입장에서 생각을 해 보고 해야 할 말이지만, 당시 내 상황은 자괴감에 빠져 자기 비하 말고는 다른 생각을 할 줄 모르는 상태였기 때문에 내가 내 자신을 달래고 일어설 무언가가 필요했다.)

생각이 거기까지 미쳤을 때, 나는 오늘 아침에 한 일을 말하다가 새로운 깨달음에 대한 놀라움과 안도감과 충격으로 잠시 동안 입만 벌리고 정적을 만들었다. 그리고 울 뻔했다. 어떤 느낌이었냐면, 하늘이 무너졌는데 어느 구멍으로 솟아난, 그 경이로움과 감사함! 종교가 있었다면 무한히 감사하다 말했을 것이다.

나는 그것을 가슴에 안고 상담실을 나왔다. 내 인생의 전부가 가치 있는 일이라는 생각을, 매일 아침 무엇을 해야 할까 고민할 때마다 되새겼다. 마음은 점점 긍정적이 되었고 어느새 무언가 하고 있는 나를 보았다. 그 하고 있는 것이 작은 것이라도 위로가 되었다. 세상 모든 일은 그 무엇이든 조금의 가치라도 가지고 있고, 내일 더 가치 있는 일을 하면 될 것이라는 마음으로 내일을 설계하면 되었다.

그렇게 조금씩, 조금씩 나아졌다. 내가 점점 안정되자 엄마의 걱정도 줄기 시작했다. 비로소 한 달 전에는 엄마도 긍정적으로 생각하실 수 있게 된 것 같다.

그러나 이 효력이 언제까지 갈지 불안하다. 사실은 그 이후 확실히 전보다 나아진 거지만, 점점 그런 목숨같이 여겨야 할 생각은 옅어지고 내 생활은 다시 나태해져 감을 느낀다. 또 이렇게 전처럼 돌아가는 것일까? 그리고 이 생활이 홈스쿨링을 잘하자고 단단히 마음먹었을 때 하고 싶었던 생활인가? 그러나 시간은 오늘도 흘러간다.

홈스쿨링을 시작한 지 어느새 5.5개월 째. 나는 아직도 이것이 내가 진짜 원했던 일인지, 그리고 그 원하던 이상이 실현되고 있는지 알지 못한다.

다른 누군가도 그러겠거니 하고 나를 위로하지만, 지금도 손톱을 깨물고 있는데 어째…….

늘별 안녕하세요. 이팔청춘 늘별입니다. 보다시피 저는 탈학교청소년이고, 학교를 나오고 해 보고 싶었던 것을 질리게 해 보자 하여 여러 가지 활동을 정말 질리게 해 보고 있습니다. 제가 글틴을 처음 알게 된 계기가 글틴 수상작 모음집인 《세 번째 교과서》를 통해서였는데, 제가 쓴 글이 다른 이들에게 글을 써 보고 싶다는 동기를 부여해 줄 수 있을지도 모른다고 생각하니 설레네요. 처음 도전했을 때에 쟁쟁한 분들의 글을 보고 겁먹었는데 하면 되는 걸까요. 되돌아보니 가십도 많고 겉멋만 든 부족한 글인데 읽어 주셔서 정말 감사합니다.

위안을 찾아서

정글피쉬

가을이 왔다. 푸른 기운이 가신 누르스름한 들녘에도, 옷장에서 긴팔 옷을 꺼내는 내 손길에도. 거리엔 벌써 낙엽 몇 장이 굴러다닌다. 가을이 내게 차갑고 신선한 공기를 보낸다.

난 송정역으로 향하는 버스에서 창문을 한껏 열어젖히고 공기를 마셨다. 버스가 갑자기 날 낯선 곳에 내려놓아도 두려움 없이 어딘가로 웃으며 걸어갈 수 있는 날이 바로 오늘이다.

그런데 한 가지 속상하고 답답한 일이 생겼다. 며칠 전부터 무릎이 아프다. 그냥 살짝 쑤시는 정도가 아니라 누가 길고 두꺼운 칼로 내 무릎을 쓱싹쓱싹 베어 내고 있는 것 같다.

내 발가락이 혈관 기형으로 진단 받은 후 한껏 예민해진지도 모른다. 친구들과 엄마는 별거 아닐 거라 했는데 말이다. 머리는 '네가 예민한 거야.' 라고 하지만, 마음은 자꾸 초조하고 불안하다.

버스가 오래된 엔진 소리를 내며 멈췄다. 송정역에서 내리자마자 두리번거렸다. 다급한 마음에 코앞에 정형외과가 있는데도 그 옆을 둘러보고 있었다. 건물이 제법 커 보인다. 그 자리에서 몇 십 년을 지켜 온 것 같다. 난 절뚝거리며 병원으로 향했다.

한낮인데도 병원 안이 컴컴하다. 간호사 두 명이 햇살 몇 가닥만 들어오는 접수대에서 침을 튀기며 노닥거리고 있다. 내가 코앞으로 다가가자 그제야 웃음을 멈추고 나를 바라본다.

진료실 앞에 길게 이어진 의자에 앉았다. 안쪽은 더 음산했다. 버 젓이 천장에 달려 있는 형광등은 장식용인지, 화장실에 가고 싶은 데 표시가 보이지 않아 조금 헤맸다. 느긋하고 한가롭고 약간 음산 하기까지 한 병원 분위기에, 또 무슨 병이 찾아올까 불안하던 내 마 음도 한결 차분해지고 여유로워졌다.

"원해솔 환자 들어오세요."

잡지를 펴 놓고 삼십 분쯤 지나자 간호사가 내 이름을 불렀다. 문 을 열고 진료실에 들어가자 책들이 이리저리 어질러져 있고 인체 표본과 의학 용어가 쓰여진 판들이 한구석에 엉성하게 쌓여 있었 다. 책상 또한 주변만큼 산만했다.

"어디가 아프신가요?"

의사 선생님이 심드렁하게 물었다.

"무릎이 걷지도 못할 만큼 아파요. 옛날부터 무릎이 좀 약하긴 했는데. 그래도 이렇게 걷지도 못할 정도는 아니었어요."

"음…….그렇군요. 일단은 엑스레이를 찍어 봅시다."

다시 초조하고 떨렸다. 관자놀이에 작은 경련이 일어났다.

사람들에게 "난 사실 몸이 약해." 하고 조심스럽게 말하면 돌아오는 건 코웃음뿐이었다. 나조차도 내가 건강하고 튼실해 보이는데, 온몸이 자주 삐걱대고 병을 달고 사는 게 안 믿기는데, 누가 그 말을 믿을까. 요즘 또다시 무섭게 삐걱대기 시작하는 내 몸이 너무 원망스러워 미칠 것 같다.

엑스레이 결과를 기다리며 의자에 앉아 있는 동안 나도 모르게 손톱을 물어뜯고 있었다. 엄지손톱이 이 빠진 접시처럼 닳아 있다.

왼쪽에 걸려 있는 먼지 긴 형광판에 내 허리 사진과 무릎 뼈 사진이 걸려 있다. 신비하게 생긴 뼈 모양, 저게 내 몸 안에 존재하고 있단 말인가? 형광판 불이 켜지고 날카로운 흰빛이 하얀 뼈 사진 위로 스며들었다. 윤곽이 더 자세히 드러났지만 내가 보기엔 아무 문제도 없어 보였다.

흰머리와 검은 머리가 딱 오 대 오 비율이 인상적인 의사 선생님께서 입을 열었다. 얇고 녹슨 지휘봉을 길게 늘어뜨리고 형광판에 걸려 있는 내 무릎 엑스레이 사진을 가리켰다.

"무릎 뼈 가운데에 연골이 닳아 없어진 거 보이세요? 위에 뼈와 밑에 뼈가 틈도 없이 거의 붙어 있죠?"

"네. 그러네요."

정말, 무릎의 아래 뼈와 위의 뼈가 아주 미미한 공간만 남겨 두고
있었다.

"양쪽 무릎이 다 그래요. 지금 환자의 나이가 열일곱. 젊은 게 아
니라 어린 거죠. 그럼 연골이 닳았다고 할 순 없고, 연골에 물이
빠진 것 같네요."

"왜 그런 건가요? 이렇게 갑자기 왜요?"

입에 침이 마른다.

"몸이 안 좋아져서일 수도 있고, 여기 보이는 것처럼 허리도 약간
휘었어요. 허리가 휘면서 그 밑에 있던 신경이 좀 많이 눌렸네.
신경이 눌리면 오른쪽 무릎이 아플 수 있어요. 여기 이 책자 보
세요. 그렇죠? 정식으로 치료하려면 한 일이백 드는데 괜찮겠어
요?"

"연골에 물이 왜 빠져요? 원래 연골이 물로 되어 있는 거예요?"

내가 묻자 의사 선생님은 답답한 내 마음과 반대로 귀찮다는 표
정으로 대꾸한다.

"음, 보호 2종이시네요. 그럼 지금부터 실버 보험 그런 거 하나 들
어 봐요. 나중에 늙어서라도 치료하게. 실버 보험은 요즘 우체국
이나 농협 같은 데도 괜찮아요. 일단 이거 하나 줄게요. 이 종이
에 적혀 있는 대로 먹는 것도 조심해야 해요. 밑에 있는 건 아가
씨 몸에 독약이니까 절대 먹지 말고요. 알겠죠? 참 몸에 제일 좋
은 건 식초예요. 식초!"

의사 선생님이 삐뚤빼뚤 오려진 작은 종이 한 장을 건네준다. 몸에 좋은 음식, 나쁜 음식을 죽 늘어놓은 무미건조한 종이를 한번 훑다가 구관모 식초 옆에 친절하게 적힌 전화번호를 보고 나도 모르게 웃음이 났다.

그나저나 치료비가 일이백만 원이란 말에 입이 벌어진다. 두근대는 가슴을 애써 진정시키고 조심스럽게 말을 꺼냈다.

"네, 선생님. 근데요. 제가 수급자인데, 치료비 조금 깎아 주시는 거 안 되나요? 조금이라도……."

내가 더듬거리며 묻자 의사선생님이 가뜩이나 작은 주름진 눈을 가늘게 뜬다.

"아유, 이 아가씨 봐라. 당연히 보험이 안 되지. 아가씨, 자꾸 어디 가서 수급자, 수급자 하면 못써. 다른 병원이 수급자 환영해 주는 줄 알아? 얼씨구나 하고 받아 주는 줄 알아? 수급자는 진짜 극빈자들이 치료받을 돈이 없어서 받는 혜택이고. 병원에서 그런 수급자들 오면 좋은 약, 좋은 치료 안 해 줘. 다 싸구려 약이나 최소한의 치료만 해 주지. 내가 아는 어떤 환자는 걔네 엄마가 아가씨처럼 수급자니까 좀 깎아 주세요, 하고 돌아다니다 자기 아들 다리뼈가 다 썩은 후에야 깨닫고 그냥 보험으로 바꿨어."

의사는 내가 던진 한마디에 갑자기 입안에 분비물을 떨구며 열을 올렸다.

"……."

"그러니까 어디 가서 그러지 말고 나중에 보험 들고 다시 오든가 해. 약은 지어 줄게."

의사가 내 이름이 적힌 차트에다 알아볼 수 없는 꼬부랑 영어를 쓰고 간호사에게 건넸다.

차례를 기다리다 지쳐 진료실 방 안으로 들어온 늙은 아줌마가 날 위아래로 올려다본다. 의사는 한술을 더 떠서 늙은 아줌마에게 무릎을 잘못 쓰거나 하면 이런 어린 나이에도 연골이 안 좋아진다고 말한다.

화가 난다. 아랫입술을 질겅질겅 씹었다. 물리치료를 받으러 지하로 내려가는데 내가 너무 비참했다. 의사는 나 같은 말을 하는 사람들을 그 곰팡이 낀 후진 병원에서 너무 많이 겪어 봤단 말투였다.

'이 먼지 냄새 나는 후진 병원에서 평생 늙어 온 티가 팍팍 나는 의사 놈. 내가 언제 수급자, 수급자 거렸다고. 능구렁이 같은 것.'

진료실 의자라도 걷어차려고 물리치료실 문 앞에서 다시 계단으로 올라섰다. 중간까지 올라갔지만 용기가 안 났다.

병원을 나왔다. 햇빛이 눈알을 찔렀다. 물리치료를 받았는데 무릎에 또 날카롭게 통증이 인다. 소심하게 난 병원 입구에다 침을 모아 퉤 뱉었다.

걸음을 뗄수록 무릎 통증은 더 심해져 갔다. 의사가 내게 했던 말도 귓전을 맴돌며 점점 크게 들렸다. 마치 비디오를 느리게 구간 반복 하는 것처럼.

늙고 구렁이 같은 의사도 정말 짜증났지만 "수급자인데 안 깎아 줘요?" 했던 말들을 습관처럼 나도 모르게 내뱉어 더 부끄러웠다. 그렇지만 그 의사를 생각하면 아직도 화가 난다.

갑자기 머릿속에 혼란이 온다. 뭐가 옳고 그른 건지 좀 헷갈린다. 나는 내가 수급자니까 수급자라고 한 거고 그 의사는 자기가 알고 있는 사실을 그냥 말한 건데 말이다.

그런데 병원을 나와 목적지 없이 계속 걷고 있는 내 가슴은 왜 이렇게 시린 걸까? 가루약을 한입에 털어 넣은 것처럼 갑자기 입안이 씁쓸하다.

정글피쉬 완벽한 들창코를 가진 여자 사람입니다. 시를 가끔 읽으며 씀바귀나 토끼풀 같은 단어를 발굴합니다. 외로움을 잘 타고, 근 몇 년 동안 그걸 글로 풀어내는 걸 멈췄지만, 다시 글이 그립습니다.

닿았다

야광별

떨어트린 샤프를 앞에 앉은 남자애가 주워 주었다. 잠시, 내 손으로 샤프가 오면서 남자애 손가락이 내 손바닥에 닿았다.

'닿았다. 또 닿았다.'

나는 초등학교에 다닐 때 성희롱을 당한 적이 있다. 지금 생각하면 처음 그것은 간지러움이었다.

'내 옷 위에 누군가의 손이 올려져 있구나. 간지럽다.'

그렇게 생각했다. 아마도 그 사람과 놀고 있다는 생각을 한 것 같다. 어이없게도 나는 그 사람의 손을 잡으면서 "간지러워, 오빠." 하고 웃음을 터트렸다. 내가 웃음을 터트리자 그 사람은 내 옷을 주춤 잡아서 정말 간질이는 것처럼 허리를 만졌다.

아직도 그 순간이 머릿속에서 잊혀지지 않는다.

조그만 방에서 나는 벽을 기대고 있었고, 그 사람이 내 옷 위로 살갗을 만진다. 나는 정말 간지러워서 웃고 있었고, 그 사람도, 어쩐지 웃고 있었다. 이게 분명히 그 사람이 내게 한 첫 행위였는지는 잘 모른다. 그렇지만 내겐 그게 첫 행위였다.

그 후로도 몇 번이나 그런 접촉이 있었다. 내가 그 행동이 '나쁘다는 것'을 깨달은 건 언제일까.

교회에 있던 남녀 공용 화장실. 나는 자주 그리로 피했다. 얼음땡을 하거나, 숨바꼭질을 할 때면 재빨리 그곳으로 달려갔다. 아, 그리고 그 사람이 왔다. 내 안에서 기억이 왜곡되지 않았다면, 나는 어쩌면 그 사람이 올 것이라는 걸 알고 있었다.

'다른 사람에게 보이기 싫어, 이건 내 비밀이어야만 해.'

어쩌면 나는 지금 이 상황을 즐기는 걸까. 조금씩 죄책감이 들기 시작했다.

그 사람은 옷 위로 가슴을 만졌다. 그게 가슴이었을까. 그냥 살이었을까.

'나쁘다는 것'을 알자 나는 스스로가 견딜 수 없이 미웠고, 또 이상하다고 생각했다. 진짜 이상한 건 그 사람이 아니라, 나쁘다는 걸 알면서도 가만히 있는 나야. 내가 나쁜 거야.

간지러움과는 다른 묘한 기분을 느꼈다. 기분이 좋았다. 손이 닿은 게 따뜻해서, 누군가의 체온이 내 살갗 위에 머문다는 게 생소해서, 기분이 좋았다. 어른들한테는 말할 수 없었다. 나는 내가 기분이 좋았다고 느낀 것이 부끄러웠고 사실은 이 행위가 조금만 더 계속되었으면 하는 마음이 든 것이 참을 수 없었다. 그래서 반항을 했다. 반항하는 척을 했다. 혐오스러운 눈으로 바라보고, 때로는 소리를 지르고, 하지 말라고 말했다.

나는 사실 지독히도 외로웠다.

접촉은 조금씩, 조금씩 심해졌다. 옷 위에서만 살갗을 만지던 손이 처음으로 옷 안으로 들어왔을 때 나는 조금 놀랐던 것 같다. 아주 조금, 더러울 텐데, 라는 생각을 했다.

그 무렵 그 사람을 좋아하고 있다는 생각을 했다. 그 사람을 좋아한 게 먼저인지, 행위가 먼저인지, 기억나지 않는다. 그런 행위를 제외하면 그 사람과 나는 평범한 어린아이로 앙숙같이 보기만 하면 이빨을 으르렁거리며 싸웠다. 장난도 많이 쳤고, 서로 자주 놀렸다.

결국 1년하고 몇 개월이 되었을 때, 동생에게 걸리고 말았다. 이제 갓 초등학교에 들어간 동생이었다. 나는 오히려 그런 동생에게 필사적으로 감추려고 했다.

"야, 저리 가. 먼저 가 있어. 내 일에 참견하지 말고!"

뭔가 건드려선 안 되는 치부를 들킨 것 같았다. 교회에 남아서 노래를 부르고 있을 때, 동생이 교회 선생님한테 말했다.

"선생님. 형이 누나 옷에 손 넣는 거 봤어요."

나는 뜨끔했다. 그 사람도 조금 놀란 표정이었다. 어떻게 해야 할지 당황해서 어린 동생을 노려봤다. 모두 앞에 내 자신이 발가벗고

서 있는 기분이었다.

선생님은 피아노를 치다가 멈추었다. 그리고 잘못을 한 어린아이를 타이르는 것처럼 말했다.

"그런 거짓말은 하면 못써요."

나는 안심을 했고, 또 안심한 만큼 선생님에게 실망했다. 사실은 내 입으로 이 이야기를 말한다면 저렇게 믿어 주지 않을지도 모른다는 생각을 했다. 두 가지 마음이 동시에 들었다. 절대로 들키면 안 돼. 빨리 누군가에게 알려야만 해.

결국 팬티 안으로 그 사람의 손이 들어올 때, 이래선 안 된다는 생각이 들었다. 나는 스스로 그 일을 입에 담을 수 없었다. 그 행위를 말로 인정할 수 없었다. 결국 엄마 아빠 앞에선 계속 말을 피하고 더듬었다. 더 말할 수 없었다. 동생을 시켜 엄마 아빠에게 말했다. 씻는다고 말하고 화장실에서 샤워를 하며 이것저것 많은 생각이 들었다.

'그 사람을 가해자로 남겨 두고, 내가 피해자인 척하면 돼. 나는 어쩌면 그 사람보다 더 나쁜 사람인데.'

그 사람 엄마가 내게 사과를 했다. 그 사람은 아빠가 없었다. 나도 어쩔 줄 몰라 무릎을 꿇고 있었다. 그리고 그 사람과 눈이 마주쳤다. 나는 얼른 시선을 피했다. 부모님도, 주변 사람들도 모두 나를 피해자로 대우해 줬다. 나는 잘못이 없고, 그 일을 한 그 사람은 대역 죄인이 되었다.

어른들끼리 아이들의 장래를 위해서 모두 없었던 일로 하자고 했다. 누군가, 아마 선생님이 내게 말했다. "지금까지 있던 일들은 모두 잊자. 용서하자." 아, 이렇게 간단한 것을. 잊으라는 말을 들으면 잊을 수 있는 걸까. 용서하란 말을 들으면 용서할 수 있는 건가. 누가, 누굴 용서해야 하는 건가. 내가, 그 사람을? 나는 오히려 우리가 경찰서 같은 곳을 가지 않게 되어서 안심했다. 그걸 원하지 않았다.

할머니는 지나가는 말로 말했다. "왜 일이 이렇게 될 때까지 말하지 않았어?" 그 말을 두고 엄마는 화를 냈지만 나는 사실 맞는 말이라고 생각했다. 왜 일이 이렇게 될 때까지 말을 하지 못한 건가. 그날은 무릎을 꿇고 있어서 발이 저렸다. 결국 피해자로 남았다, 나는.

그 사람과는 만날 일이 거의 없어졌다. 그 사람은 중고등부로 올라갔고, 나는 아직 초등부였다. 그러다 어느 날, 복도에서 마주쳤다. 나는 어쩔 줄 몰라 가방을 바라봤고, 인사를 해야 할까 말아야 할까 고민했다. 그 사람은 그냥 내게 "안녕." 하고 인사를 하며 지나갔다. '안녕'이란 그 울림과 표정이 지금도 머릿속에 남아 있다. 약간 어색하다는 듯이 어정쩡하게 말했던 그 안녕. 어쩐지 죽을 만치 쪽팔리고 화가 났다. 정말 잊으란 말에 모든 걸 잊었던가, 나는 이대로 머물러 있는데 저 사람만 쉽게!

그 후 초등부를 끝내고 나는 그 교회에 더 이상 가지 않았다.

'왜 그 사람은 하필 나에게 그런 일을 했던 걸까.'

'난 못생기고, 뚱뚱하고, 별거 아닌 평범한 애였는데, 그런데 왜 하필 나였어?'

지금이라면 물을 수 있을까. 나이를 먹을 때마다 나는 생각했다. 보통 여자아이들도 남자아이와 손이 닿을 때마다 '닿았다'는 사실을 의식하며 살아가는지 궁금했다.

나는 아무렇지 않게 웃으며, 또 때로는 먼저 몸을 접촉하며 장난을 치기도 하며 평범하게 지냈다. 오히려 더 많이 웃으며 장난을 쳤다. 하지만 그 밑엔 언제나 '아, 닿았어.'라는 생각이 깔려 있다.

아무도 이제 옛날 일 따위는 말하지 않는다. 엄마도, 아빠도, 동생도, 심지어 나도. 없던 일처럼 잘 지내고 있다. 그래서 그 일은 나혼자 가둬 두고 생각하는 일이 되어 버렸다. 내가 본 남자애들은 무섭지도, 또 나와 완전히 다르지도 않았다. 다만 나는 내 몸에 닿았던 그 감촉이 생각나서 부끄러웠다.

언젠가부터 생각한다.

'아, 이제는 용서해도 되지 않을까.'

'그 사람을?'

'아니…… 사실은 나를.'

'그 사람은 지금 무슨 생각을 하고 있을까. 그 사람은 자신을 용서했을까.'

쉽지는 않지만 나는 그 사람에게 그런 감정을 느낀 나를 조금씩 용서하기로 결심했다. 사실 그 사람을 용서하기에 앞서 날 용서해야만 했음을 안 것이다.

그렇게 생각하자 그 사람의 얼굴도, 목소리도, 조금씩 사라지는 것 같다. 사람들이 그때 내 탓이 아니라고 말해 줘서 사실은 정말 안심했다. 마음속 깊이 안심했다. 그래, 내 탓이 아니야. 그렇지만 그만큼 죄책감도 들었다. 그렇게 말해 줘서 불쌍해진 나를 용서할 수가 없었다.

오늘도 때때로 나는 부딪치고, 또 닿게 되겠지.

'아, 닿았어!'

닿았다는 사실을 부정하진 않을 것이다. 평생을 닿을 때마다, 닿았다고 인식하게 될지 모른다. 다만 닿았을 때 그 체온에 아주 조금 불안해하지 않는 내일이 되었음을 나는 조금 더 기대해 본다.

야광별 시간이 흐른 후 아픔을 들여다보는 것에 어떤 의미가 있을까. 이것이 당신을 불편하게 하지 않을까 고민했습니다. 모든 것이 부끄러웠고 저는 제가 글 뒤로, 제 고통 뒤로 숨어 버린 것이 아닐까 생각했습니다. 최근에 들어서야 글을 쓴다는 것이 고통스럽더라도 당신을 사랑한다는 고백이라는 것을 깨달았습니다. 이 글을 읽는 모든 사람들에게도 그런 고백이 되었으면 좋겠습니다.

후회와 얼룩

루시페린

어젯밤에 이미 완성했어야 하는 문학 수행평가 글을 쓰기 위해 인터넷 익스플로러 창을 몇 번쯤 켰다 끄고 생각을 바꿔 한글 2002를 실행시켰다. 보기 싫은 도구 모음은 싹 치워 버리고, 책상 위에는 뜨끈한 카푸치노 한 잔을 올려놓았으며, 지금 귓가에는 '후회'에 대한 글을 쓰는 분위기를 만들어 본답시고 내가 연주할 수 있는 몇 안 되는 피아노 곡 중 하나인 'Regret'이 들리고 있다. 지금까지 자신의 인생에서 가장 후회스러웠던 선택이나 경험을 글로 쓰라는 수행평가를 수행하기에 가장 완벽한 상황을 조성한 후 졸린 기분을 떨쳐 내기 위해 키보드의 덮개를 벗기고 타다닥 경쾌한 타이핑 소리를 내며 몇 줄 맥 빠진 문장들을 적어 본다. 작업 표시줄의 시계는 한 시 십이 분을 알리고 있다. 이전까지의 아침 시간을 어이없게 날려 버린 탓에 나는 최대한 두 시 삼십 분까지는 이 글을 마쳐야 나의 수두룩한 업무들을 그럭저럭 해낼 수 있을 것이다. 어제 아빠 생신이랍시고 거나하게 저녁을 먹은 후 새벽 세 시까지 숙제를 하겠다는 명목으로 자리에 앉아 컴퓨터에 빠져 버린 죄다. 그러므로, '후회'라는 단어를 떠올릴 때 지금의 내게 가장 먼저 떠오르는 건 어제저녁 아무 과제에도 손을 대지 않고 놀아 버린 일이다. 물론 그렇게 쓰면 안 되겠지. 멍하니 키보드의 기본 운지에 두 손을 올려놓고 다시금 생각한다. 후회, 후회라.

아주 성의 없어 보이는 문단 하나를 완성했지만 사실 나는 이 주제에 대해 가장 열심히 고민한 사람 축에 끼어도 좋을 것이다. 수행평가 과제가 공표된 때부터 나는 계속 생각해 왔다. 무엇이 내 인생에 가장 후회스러운 선택이었는지, 언제 내가 후회스러운 감정을 느꼈었는지. 그러나 마땅히 생각나는 것이 없었다. 글로 써서 좋은 점수를 받을 만한 경험이 없었다는 말이다.

초등학교 6학년 때 컴퓨터 학원을 석 달 치 십만 원을 끊어 놓고 한 번도 제대로 수업을 받지 않았던 것, 이적의 《지문 사냥꾼》을 내용도 읽지 않고 무턱대고 내 돈 내고 사 버린 것, 할아버지가 돌아가시기 하루 전 토요일에 매주 가던 문병을 친구와 놀아야 한다는 이유로 거른 것 정도가 떠올랐지만 그 일들에 대해 내가 가지는 실망과 후회의 정도는 미약했다.

은연중에 나는 일종의 3불(不) 원칙을 가지고 살아왔던 것이다.

기대하지 않을 것, 이미 지나간 일에 대해 후회하지 않을 것, 그리고 지금은 기억이 나지 않는 또 하나. 이 원칙은 내가 터득한 인생을 좀 더 편하게 살 수 있는 방법들이다. 자신의 기대에 의한 실망은 그 누구에게도 죄를 물을 수 없기에, 공연히 기대하고 희망을 가지지 않는 쪽이 훨씬 편하다는 것을 나는 경험으로 알고 있다. 이미 지나가 버린 일에 대해서 아무리 후회한다고 해서 달라지는 것이 없다는 것도 알고 있다. 마땅한 글감을 찾을 수 없던 이유는 내가 무의식적으로 그런 아픈 경험들에서 후회의 감정을 제거하려고 노력했기 때문이었다. 뒤돌아보지 말고, 잊어버릴 것. 나의 괴상한 천진함에 기대어 그런 식으로 나는 후회라는 감정을 통해 얻을 수 있는 '반성'의 가치까지 저버려 왔지만, 괜찮았다. 어차피 인간의 필수 영양소는 탄수화물과 지방과 단백질이 아니라 망각과 자기 합리화니까.

하지만 정말이지 수업 시간에 괴성을 지르며 토로했듯 쓸 것이 없어서, 나는 조금쯤 후회하지 않고 살아온 것을 후회하기도 했다. 이런 날이 올 줄 알았다면 도박을 해 볼 걸 그랬나. 엄청 돈을 날리고선 그게 바로 "내 인생을 바꿔 버린 치명적인 선택이었어."라고 말할 수 있을 테니. 로버트 프로스트의 시와 같은 상황이 아직 내 인생에선 한 번도 없었음에 언짢아하며, 나는 글감을 찾기 위해 다른 친구들의 두 갈래 길은 어떤 것이었는지 기웃거려 보았다. 말하자면, 같은 반 친구 주란이의 글을 읽었다. 어제의 일이다.

'너도 나와 같은 DS였냐, 역시 DS 애네들은 다 쓰레기들이야. 이 니셜이 DS인 애들하고는 사귀면 안 돼. 개놈들.' 하고 나는 익살스러운 목소리로 말하며 인쇄물을 돌려주었지만 눈가에는 나만 알아챌 수 있을 정도로 눈물이 고여 있었다. 하긴 여자들에게 가장 후회스러운 선택이 첫사랑 말고 또 뭐가 있을까. 감동을 받은 나는 생각했다. 그래, 나도 이런 식으로 쓰는 거야. 쓸거리 많잖아. 서투르고 모자라게 굴었던 어린 나와 실수투성이의 4년이라는 기간. 헤어지고 나서도 모든 인간관계를 완벽하게 정리하지 못했던 것. 그리고 그 언니에게 혹시 그 사람이 요즘 새 여자 만나는지 물어보았던 바보 같은 짓. 헤어지고 나서 나는 밥 먹듯이 자책하지 않았는가. '내가 좀 더 잘해서 헤어지지 말걸.' 이 아니라 '빌어먹을, 내가 이미 옛날에 한 50번쯤은 엉덩이를 걷어차 주었어야 했는데!' 하고.

하지만, 그러기 싫었다. 더 이상 그 나날들에 대해 이야기하고 싶은 기분이 들지 않았다. 이미 화석처럼 굳어진 기억과 단단하게 뭉친 은박지처럼 손끝에서 둥글게 결정이 된 마음을 좋은 점수를 받기 위해 타인 앞에 풀어헤치고 싶지 않았다. 언제까지나 첫사랑의 기억에서 벗어나지 못하는 것처럼 보이는 것도 원하지 않았다.

그래서 나는 조금 더 생각하기로 했다. 어차피 인간이 가장 후회할 수 있는 것은 인간관계에서의 일이다. 나는 지난 4년간 운영했던 내 블로그들에 들어가 '후회'를 검색해 보았다. 그러자 당연하다는 듯이, '너'에 대해 내가 저주와 증오를 담아 써 내려갔던 글이 나타났다. 가슴이 철렁했다.

첫사랑은 그래도 나에게 여러 가지 교훈을 안겨다 주었다. 사람이 사람의 마음을 가지고 장난을 치는 게 가능하다는 것도 알게 해 주었고, 필사적으로 강해지게도 만들어 주었다. 거지 같은 첫사랑에 대한 후회가 그래도 덜한 이유는 그나마 내가 얻은 것들이 존재하기 때문이다. 하지만 '너'는? '너'에 관해서라면 나는 결코 득을 본 일이 없다. '너'에 관해서 떠오르는 것이라면 그저 미친 듯한 후회, 씁쓸하고 악취가 나며 마음에서 잘 떨어져 나가지도 않던 감정의 뒷맛, 혼자서 걸어오던 밤거리의 차가운 겨울바람, 그리고 그 모든 악몽들의 끊임없는 순환뿐이다. 결코 나에게 어떤 것도 남겨 놓지 못한 최악의 인간관계, 그래서 일부러 생각하지 않고 일부러 꼭꼭 묻어 놓았던 기억들이 포스트 검색 결과와 함께 한꺼번에 눈앞으로 튀어 올랐다.

이제야 나는 비로소 말할 수 있다. 나는 후회한다. 나는 미치도록 후회한다. 중학교 1학년 등교 첫날, 나를 향해 미소 지으며 웃던 너의 그 인사를 무시해 버리지 못한 나의 선택을. 너를, 너를 결코 떨쳐 버리지 못했던 나약한 나의 선택을.

'너'는 그러니까, 하고 싶은 말이 아주 많지만 일단 가장 간단하게 말하자면, 여자였다. 아니 성전환 수술을 하지 않았으니 지금도 여자다. 그리고 이렇게 말해 버리고 나니 갑자기 아무것도 말할 것이 남아 있지 않은 기분이 든다.

중학교 때 쓴 일기에는 가끔씩 '너'에 대한 내용이 등장한다. 다 비슷한 내용이다. 역겹고 재수 없는 너를 싹 무시해 버렸어야 하는 건데. 매일매일 학교에서 얼굴을 마주쳐야 하는 너를 생각할 때마다 나는 '너'와 처음 만난 순간을 후회했다. 후회할 때마다 그 짧은 몇 초는 선명하게 눈앞에서 재생되곤 했다. 어리석은 순간들은 잊혀지지도 않아. 1학년 7반의 담임 선생님은 등교 첫날 아이들을 번호 순대로 책상에 앉혔다. 나는 2번이었고 너는 4번, 빌어먹을 4번이었다. 아침의 신선한 햇살을 그대로 받으며, 너는 내 쪽을 바라보고 환하게 웃었다. 온 세상이 하얘지는 것 같은 미소를 지으며 너는 특유의 목소리로 인사했다. "어, 애들이 왜 이렇게 서먹하게 인사를 안 하지? 안녀엉?"

　그날 저녁 나는 저녁 식사 때 김치찌개를 먹으며 식구들에게 그 얘기를 했다. "내 옆옆자리에 앉아 있던 애는 사교성이 좋은지 서먹한 분위기를 깨고 막 인사하려고 노력하더라고." "좋은 애네." 아빠는 숟가락을 들고 말했다. "친해지도록 해라. 일단 친구를 사귀어야 할 거 아냐." "응, 그러려구." 나는 그렇게 대답했던 것 같다. 그리고 우리는 곧 친구가 되었다. 아아 젠장, 난 정말 그러지 말았어야 했는데.

　우리는 수많은 차이점으로 뒤덮여 있었지만 네잎 클로버처럼 드문드문 끼어 있던 공통점 때문에 관계를 지속할 수 있었다. 어느샌가 우리는 공인된 한 짝이었다. 복도에서 혼자 걷는 나를 보고 아이들은 '너'(아니 이제 귀찮으니 K로 하자.)를 선생님이 지금 찾는데 어디 있냐고 물었고, 혼자 있는 K에게 선생님은 내가 어디 있는지 물었다. 나는 다른 친구들하고도 꽤 놀았는데.

　1년 동안 자리는 몇 번이나 바뀌었지만 이상하게도 우리 둘은 교실 좌석을 한 칸이 1인 좌표축으로 나타냈을 때 루트 2 이상의 범위로 떨어지지 않았다. 붙어 있는 자리에서 우리는 아마 많은 이야기들을 나누었을 것이다. 교과서에 낙서를 하며 킥킥댔을 것이다. 추측형의 문장인 이유는 내 뇌가 그 시간들을 잊어버리기 위해 열심히 노력했기 때문이다. 그러나 기본적인 것들은 기억난다. 너는 쫑알쫑알 붉은 입술을 쉴 새 없이 놀리며 떠들어 대는 흰 피부에 커다란 눈망울을 가진 예쁜 단발머리 여자아이였고 나는 그런 K의 수다에 무성의하게 대답하고 성격이 극과 극을 오가며 남자처럼 바싹 머리 깎은 시니컬한 아이였다. 사실 소년이었다, 고 문장을 끝내도 좋을 만큼 나는 그때 한창 여중과 여고에 유행하던 레즈비언 놀이의 부치(여자 동성애 관계에서 남자 역할을 맡는 쪽) 캐릭터에 가까웠다. 그러나 레즈비언 놀이에 혐의가 있다면, 우리는 사실 서로를 보고 있지 않았다. 아무것도 몰랐던 1학년 때 우리는 그저 각각 다른 선배 — 학교의 공인된 부치 캐릭터였던 연극부 부장과 색기와 카리스마 가득한 춤을 추던 댄스부 부장 — 를 추종하고 동경하기에 바빴다. 누구나 여중, 여고 시절에 한 번쯤은 보이시한 여자아이에게 끌리기에, 거기까지는 괜찮다. 괜찮았다.

사실 나는 K의 모든 기질을 좋아하지는 않았다. 맘에 들어 한 것은 아주 적었다. 그것들을 뺀 나머지를 나는 혐오했다. K의 앞에서 한창 내가 빠져들어 있던 어두운 염세주의 철학 사상과 잡다한 지식들을 거만하게 설파할 수 있었던 점은 좋았다. K의 얼굴도 그랬다. 얼빠지고 한심한 여자아이였던 K가 점점 나에게 물들어 가는 것도 우월감을 느낄 수 있어서 좋았다. 어느 순간 '우리'는 이상해졌다. K와 나는 어차피 친구로 남을 수 있는 종자가 아니었다. K는 언제나 나를 이상하게 만드는 사람이었다. 그 '이상함'은 불편함이기도 했고 어색한 충동이기도 했다. K를 보고 있으면 울렁거리는 것처럼 기분이 불쾌해졌다. K의 얼굴이 기억난다. 항상 내가 왼쪽이고 K가 오른쪽에 앉아 있었다. 왼손으로 턱을 괴고 K의 얼굴을 볼 때의 시점이다. K에 대해서 생각할 때 떠오르는 단 하나의 이미지. 하얀 피부와 나를 올려다보며 빛나는 까만 두 눈동자밖에 생각나지 않는다. 간신히 그 눈동자에서 시선을 돌리면 붉은 입술이 보인다. 아직까지도 선명하게 남아 있는 이 이미지는 어렸던 나를 그토록 매혹시켰던가. 평범하고, 평범하게 살고 싶었고, 평범했던 나를 뒤흔들어 버릴 만큼이나. 정신을 차리고 보면 K와 나의 얼굴은 입술이 서로 닿을 정도로 밀착되어 있었다. 누가 먼저랄 것도 없이, 그런 순간들이 반복되다 퍼뜩 정신을 차리고 물러나곤 했다. 1학년 2학기가 무르익어 갈 무렵이었다.

결과만 놓고 이야기할 때, 3학년 2학기가 끝나도록 우리의 입술이 확실하게 맞닿은 적은 한 번도 없다. 다행히도. 그러니까 안심해도 좋다. 사실 우리는 한 번도 서로를 좋아한다고 말하거나 좋아한다고 생각해 본 적이 없다. 2학년이 되어서 우리는 반이 갈렸고 나는 K에 대해 적대심과 혐오와 경멸이 뒤섞인 기존의 태도를 바꾸지 않았다. 사이는 멀어졌다. 복도에서 마주쳐도 인사는 하지 않았다. 다만 불친절하게 상대방의 교실 문을 열고 서로를 불러내 별다른 말 없이 학교를 맴돌긴 했다. 아마 K가 그때부터 달라졌을 거라고 생각한다. K는 어두워졌고, 냉소와 사춘기의 유치함을 보이기 시작했다. 명랑함으로 빛나던 검은 두 눈은 독백과 자조와 거만함, 그리고 지나친 자아의 과잉으로 칙칙해졌다. 우리는 비슷한 형질의 인간이 되어 버렸다. 나는 그 아이에게서 예전의 내 모습을 보았다. 서로가 달라서 빚어졌던 생기발랄함이 사라지고서 남은 것은? 검고 어두운 에로틱. 그리고 서로에 대한 미움.

　이 글에서 K와 내가 서로에 대해서 가졌던 감정들에 대해서 정확하게 설명하는 것은 불가능하다. 이미 잊기 위해 철저하게 노력했으므로 많이 소멸된 과거의 일인데다, 그 감정을 느끼고 있던 그 당시의 우리도 그것들에게 이름을 붙일 수 없었다. 이미 나는 쓰고 불쾌한 수많은 감정들이 충동처럼 솟구치곤 했다고 말했다. 너를 만지고 싶은 마음과 너를 때려눕히고 싶은 마음이 공존하고, 너를 지긋지긋해하고 너의 같잖은 철학을 비웃는 동시에 너의 두 눈을 오래오래 들여다보는 일이 가능했다. 열넷과 열다섯과 열여섯, 아니

사춘기란 그저 미친 시간들이다. 어떤 짓을 할지 모르는, 설명이 불가능한. 당시 나는 정상적인 친구들과 정상적으로 교류했고 한창 첫사랑과 행복하고 빛나는 순결한 추억의 페이지들을 넘기고 있었다. K만 빼면 내 인생은 건전하고 흠잡을 데 없이 올바른 것이었다. 나는 이미 K의 시기, 유치하고 냉소적이고 삐뚤어진 사춘기의 시기를 넘어선 상태였다. K와의 추억, K와의 교류, K와의 시간, 아니 K라는 인간 자체가 나의 음지고 얼룩이고 그림자였다.

중학교 2학년 때 K는 공공연히 레즈비언 놀이를 하고 다녔고 그런 친구들과 어울렸으며 나는 '이반'도 아닌 주제에 그런 친구들 모두와 친구여서 가끔 함께 놀곤 했다. 나의 짧은 머리까지 어우러져 나는 완벽히 '그런 무리'로 낙인이 찍혔을 것이다. 나는 예나 지금이나 진짜 동성애자도 아니면서 레즈비언 놀이를 하는 아이들을 끔찍이 혐오하는데도. 후에 내가 자주 생각했듯이 2학년 때부터 K와 내가 함께 보낸 시간들은 그저 우리가 비교적 순수했고 진짜 친구였던 1학년 때의 감정을 우려내기 위한 연장전에 불과했다.

블로그를 검색했을 때 나온 포스트는 그런 시간을 생생한 현재형으로 담고 있었다. 서로를 그렇게 미워했는데도 서로를 버릴 수 없어서, 같이 있기만 하면 세상은 달리의 그림처럼 녹아 버리고 내 정신도 이상해져서, 학교가 끝나 집에 돌아오고 밤이 깊어서야 '내가 오늘 왜 그랬을까.' 하며 머리를 쥐어뜯고 후회로 가득한 글을 쓰게 되는 나날. 과거의 내가 쓴 포스트가 특별히 언급하고 있는 것은 K

가 내 방에 놀러 왔을 때의 경험이었다. 2학년 때부터 우리는 별 말을 나누지 않았다. K는 내 방 침대에 누웠다. 졸린다고 했던가. 학원 시간에 맞춰 잠시 누워 있겠다고 했던가. 친구도 뭣도 아닌 건조한 관계였으나 성급한 건조함이었고 그 건조함에서는 유황과 아세톤의 냄새가 풍겼다. 나는 그런 식으로 침대에서 몇 번쯤 K를 안았다. 과일나라 샴푸 향기가 나는 K의 머리를 끌어안고 있을 때 내 코에 느껴진 것은 그저 아세톤과 유황의 냄새일 따름이었다. '넘으면 안 되는 선을 넘고 있어.' 침몰하는 배 위에서 멀뚱히 해수면이 가까워지는 것을 보고 있는 자의 기분이었다.

여기서 '안다'는 그저 말 그대로 '안고 있다'의 의미이니 오해하는 사람은 없었으면 좋겠다. 우는 친구를 품에 안고 도닥이는 정도의 신체 접촉과 같은 수준. 이 글이 여러 사람에게 읽혀질 수 있다는 것을 아는 나는 이제 와서 다 지난 일로 레즈비언이네, 어쩌네 하는 소리를 듣고 싶지는 않다. 뭐가 레즈비언이란 말인가? 난 결코 K를 좋아하지 않았는데. 젠체하는 태도와 사춘기 특유의 염세적이고 사탄 지향적인 철학을 특별함의 표지처럼 자랑스럽게 지니고 있는 것이 역겹기 그지없는 아이였는데.

우리는 둘 다 〈여고괴담 두 번째 이야기〉를 좋아했지만 그런 청소년기의 동성애와도 K와 나는 가깝지 않았다. 그냥 그건 랭보와 베를렌 같은 관계였다. 차라리 우리가 정말 레즈비언이었더라면 편했을지도 모른다. 단순하고 명쾌하게 우리가 동성애자였다면 편했을 것이다. 그러나 우리는 다소 혐의가 있긴 했어도 동성애자는 아니었다. 그게 문제였다. 아직까지도 나는 동성애자가 아니다. 앞날이 어떻게 될지 모르니 양성애자는 될 수도 있을 거라고 생각하지만. 이 글을 읽고 나를 매도하는 사람이 있다면, 반성해야겠다. 이 글에 나의 그 미친 듯한 절절한 후회와 말도 안 되는 모순의 감정을 잘 표현해 내지 못했다는 뜻이니까.

한 이불을 덮고 K를 안고 K와 나의 손가락이 서로를 스치고 (등이다, 등. 우리의 가장 에로틱한 행위라고 해 봤자 3년을 통틀어 귓불 만지기가 다였을 것이다.) 오싹오싹하면서도 타락하는 듯한 분위기 속에서 불을 끈 방의 침묵을 지키고. 마주 닿은 상대방의 체온과 고동과 숨결을 느끼면서 나는 추락하는 느낌을 받았다. '왜 나는 너를 끌어안고 있나. 나는 여잔데, 너도 여잔데. 나는 나중에 후회할 일은 절대 하지 않을 텐데. 나는 첫사랑도 있는데.'

나중에 후회할 일은 결코 하지 말자는 것이 내 모토 중 하나였다. 무슨 일을 할 때면 이것이 내 미래의 일신과 안전과 평화로운 삶에 어떤 해가 될 것인지 생각해 보곤 했다. 가끔씩 미친 충동을 억제하지 못하고 K의 손을 잡고 학교 화장실을 전전하며 같은 칸에 들어가 문을 닫았을 때에도 이 일을 나중에 반드시 후회할 것이라는 생각이 더 이상의 행동을 가로막았다. 나는 K와의 관계가 나의 명예, 나의 학교 생활, 나의 평판을 얼룩지게 내버려 두고 싶지 않았다. K의 얼굴 근처에서 가끔 초초한 입술이 맴돌았지만 나는 내 첫키스를 여자와 하고 싶지는 않았다. 더군다나 K와는 더욱더. 나중에 우리의 관계가 끝장나고 난 뒤 K가 소문을 낼 수도 있다. 어른들의 귀에 들어갈 수도 있다. 모든 것이 엉망이 되도록 내버려 두지 않을 것이다. 나는 나중에 어른이 되어 사춘기를 돌아보았을 때 결코 후회하고 싶지 않았다. 후회는 지금 이 순간 하고 있는 것으로 충분했다.

그래서 나는 K에게 이제 갈 시간이지, 하고 물었을 것이다. 불을 껐을 것이다. K를 보냈을 것이다. K는 같이 가 달라고 졸랐다. 조르는 게 K의 특기였다. 안아 달라고 조른 적도 있었으니까. 그때는 화가 미친 듯이 나서 거의 폭발 직전까지 갔더랬지. 자의 반 타의 반으로 K를 학원까지 데려다주고 나는 혼자서 차가운 겨울밤의 언덕을 넘었다. 아무도 없는 컴컴한 밤거리, 옆에선 차가 쌩쌩 달렸고 공기는 뼛속까지 차가웠고 머릿속은 텅 비었고 가슴은 미친 듯한 후회로 가득했다. 나는 고래고래 노래를 부르며 달렸다. 포스트는 그 순간을 기록하고 있었다.

어디서부터 잘못된 걸까, 이 어긋난 관계를 어떻게 끝내야 좋을까. 두 눈이 마주치기만 하면 피어오르는 끔찍한 에로틱을 내가 수용했다는 사실이 혐오스러웠다. 내가 왜 너로 인해 이렇게 고민해야 하는지도 한심했다. '여자랑 이렇게 되어 봤자 좋을 거 하나도 없잖아. 나는 내가 가장 중요해. 어떤 무엇보다 더.' 숨이 차도록 달리며 나는 맹세했다. '앞으로 두 번 다시 너를 안지 않아, 절대 너를 안지 않아. 앞으로 너와 이렇게 만나는 일은 없을 거야. 앞으로 두

번 다시 너를.'

3학년이 되기 전 우리는 한 번 싸웠던 것 같다. 양쪽 모두 절대 사과하지 않았다. 사소한 어긋남이었지만 상대방의 핵심적인 근원을 건드리는 문제였을 것이다. 그걸로 공식적인 관계는 결렬되었고 K의 편지가 신발장 밑에 놓여 있을 때면 나는 짝짝 찢어 창밖으로 날려 보냈다. 이제는 나에게 K를 묻는 사람도, K에게 나를 묻는 사람도 없었다. 우리가 끝났다는 걸 전교의 학생들이 알고 선생님들이 알았다. 우리의 세계는 둘로 나뉘었고 다리는 절대 놓이지 않았다. 에로틱이 사라지고 나서 우리는 엄청나게 서로를 미워했다. 그 미움에는 분명, 너와 함께 했던 자신에 대한 후회와 미움도 포함되어 있을 것이라고 나는 생각했다. 바보 같은 시간들에 대한 미움. 일그러진 충동들에 대한 미움.

그러나 공식적인 관계가 끝났어도 중학교 3학년 때 복도에서 마주치면 왕가위의 영화에서처럼 시간이 느리게 흐르면서 눈동자가 흔들렸다. K는 나중에 자신의 블로그에서 인간의 눈동자가 그렇게 서투른 감정을 그대로 나타내면서 불안정하게 흔들린다는 사실을 그때 나를 통해서 처음 알았다고 썼다. 다행히도 우리는 다른 고등학교에 진학했다. 우리는 서로가 서로에게 무엇이었는지, 내 눈동자가 흔들렸던 것은 무엇 때문인지 결코 궁금해하지 않았다.

첫사랑은 나를 아픈 만큼 성장시켰고 많은 것을 배우게 했지만 K에 대해서 생각할 때면 그 바보 같은 이미지와 함께 먹먹한 후회와 기억하고 싶지 않다는 거부감만 떠오른다. 첫사랑에 대해서는 후회할 포인트가 그래도 몇 가지 다르게 존재한다. 좀 더 나은 여자로 처신할 수 있었는데, 혹은 좀 더 빨리 헤어지는 건데 등등. 하지만 K와의 나날에서 그런 건 없다. 아예 그 처음을 시작하지 말았어야 하는 건데, 가 전부다. 그 처음을 선택하면서 모든 것이 함께 시작되었고 그 처음을 선택하면서 그 끝까지 함께 가는 것이 정해져 있었다. 불가항력의 힘이다.

그날 밤 학원에 가기 전 자고 가겠다는 K를 집에 들이지 말걸, 하는 후회는 있을 수 없다. 아예 그 인간관계를 시작하지 말 것을. 중학교의 눈부신 등교 첫날, 그 미소를 마음에 결코 담아 두지 말 것을. 그랬더라면 내 인생은 얼마나 깨끗해졌을까. 공연히 성 정체성에 대해서 혼돈스러워 하지 않아도 되었을 것이고 바보 같은 짓에 시간을 낭비하지 않아도 되었을 것이다. 그때는 아직 잘 나갔던 첫사랑과 좀 더 많은 행복을 쌓을 수도 있었겠지. K와의 나날은 통째로 들어내서 갖다 버려도 전혀 문제가 되지 않는, 케이크에 잘못 떨어진 촛농 자국이다. 아직 불가항력의 힘이 작동하지 않았을 때, 아직은 그래도 나의 의지가 힘을 발휘할 수 있었던 때, 나는 초를 뚝뚝 끊어서 내다 버리고 라이터는 땅속에 파묻어 버렸어야 했다.

하지만 이 글을 쓰는 내내 상기하고 있는, 그 찬란한 미소와 함께 두 눈이 처음 마주쳤던 순간을 다시 한 번 겪게 된다면, 나는 선택할 수 있을 것인가. 모든 것이 낯설고 어색하고 서먹서먹하고 긴장되어 있던 첫 등교 날의 교실에서, 나를 끌어당기던 그 미소와 그 눈동자를 다시 보게 된다면, 열일곱 살에 건전하고 똑똑하고 정신 올바르게 박힌 이성애자 강○○은 그 김□□을 밀어낼 수 있을까. 또, 다시, 후회, 하지, 않을 수 있을까.

　나는, 결국 십만 원을 날려 버린 일을 가장 후회스러운 일이라 적어 학교에 제출해야 할 것 같다.

루시페린 글 쓰는 일 외에는 아무것도 못할 것 같다고 생각하던 사춘기를 거쳐 정말로 글 쓰는 일 비슷한 걸 하면서 살고 있는 루시페린입니다. 사실 이런 졸문이 책에까지 실리게 된 데에는 이른바 '자극적인 소재'가 한몫을 하지 않았나 싶은데요. '일시적인 감정'이니 '한때의 일탈'이니 말들이 많지만, 뭐 별거 없습니다. 저는 열심히 돈 벌어서 동인련 후원도 하고 그러면서 살고 있습니다. 그러니 어른들 말은 듣지 마세요. 화이팅!

그릇

로자르아힘

굳은 마음이 깨지면 이처럼 날카로울까.

살을 비집고 들어간 유리 조각을 뽑아내자마자 붉은 피가 솟구쳤다. 엄지발톱만 한 사금파리였다. 어젯밤 정신은 없었지만 눈에 띄는 큰 조각들은 다 치웠다고 생각했는데 집 구석구석에는 숨어 있었던 모양이다. 내 발바닥을 헤집어 놓은 유리 조각은 마치 원래부터 무언가를 자르려고 태어난 것처럼 가파르고 날카로웠다. 어떻게 둥근 그릇 속에 이처럼 많은 벼랑이 숨어 있었을까.

손바닥으로 살며시 방바닥을 짚었다. 자잘한 유리 조각들이 조용히 숨을 죽이고 있었다. 빗자루로 그것들을 한가운데로 모았다. 유리 조각을 조심스럽게 쓸어 담고 일어서는데 무의식적으로 발바닥에 힘이 들어갔다. '아차.' 하고 얼굴을 찌푸리며 발을 들었다. 아직 덜 아문 상처가 터졌다. 아프고 슬프다기보다 지긋지긋해서 눈물이 났다. 절름발이로 휴지를 찾아 돌아왔다. 금세 피가 방바닥에 들러붙어 있었다. 피는 눈물보다 빨리 말랐다. 그렇다면, 엄마는 밤마다 피를 흘렸다. 나는 엄마가 뒤집어쓴 이불이 아침이면 언제나 메말라 있는 것을 보았다.

아빠는 몸에 술만 들어오면 손에 잡히는 것들은 모두 던져 버렸다. 원래 그 목적으로 태어난 것들이 아닌 것도 아빠 손에 들리면 흉기가 되었다. 아빠는 특히나 잘 깨지는 것들만 골라 던졌는데, 집 안에 그릇을 몇 번이나 새로 갈았는지 모른다. 아빠가 던진 것 중엔 그릇뿐 아니라 엄마도 있었다. 엄마는 깨져서 밤중에 피를 흘리고 침대에서 일어나지 못했다.

한바탕하고 난 다음이면 우리 집에는 아침도 오지 않았다. 엄마는 일을 치르고 난 다음이면 이불로 동굴을 만들고 들어가선 나오지 않았다. 진절머리가 났다. 사회에서 쫓겨나 가족에게 화풀이하는 아빠가 싫고 무기력한 엄마가 미웠다. 지긋지긋한 이 집을 언제라도 탈출하고 싶었다. 끝없이 같은 길을 걸어야 하는 뫼비우스의 띠처럼 우리 가족의 악순환은 끊어 버리지 않는 한 계속될 것이 분명했다.

나는 유리 조각을 쓸어 모아 쓰레기통에 욱여넣었다. 아빠는, 한번 잘못 구워지면 깨뜨릴 수밖에 없는 그릇처럼 우리 가족도 조각조각 나야만 이 굴레를 벗어날 수 있다는 것을 알려 주고 싶은 것이 아닐까.

쓰레기봉투에서 다시는 날카로움이 나오지 않게 꽉 묶었다. 현관문을 열자 문소리를 듣고 엄마가 안방에서 뛰쳐나왔다.

"당신 왔어요?"

밤새 울어 구겨졌을 엄마의 얼굴이 보기 싫어 현관문 밖으로 얼굴을 돌렸다.

"아빠 안 왔어. 나 쓰레기 버리고 올게."

"갔다 오면서 반찬거리 좀 사 올래? 아빠 밤에 들어오시면 먹을거린 있어야지……."

엄마가 늘어진 주머니를 뒤졌다. 어젯밤 아빠가 지폐란 지폐는 다 가져가서 동전만 쨍그랑거렸다. 내 목구멍까지 가시가 치밀어 올랐다.

"그릇도 없는데 반찬은 어디다 담게? 엄마는 지긋지긋하지도 않아? 이렇게 살 바에 차라리 이혼해! 같이 있어서 이렇게 힘들고 괴로운데 뭐가 가족이야?"

엄마의 손이 올라올 줄 알고 눈을 질끈 감았다. 하지만 엄마는 말이 없었다. 그 침묵이 더 아팠다.

"아빠가 지금은 일자리 잃고 집이 아슬아슬해서 그렇지. 서로 아플 때일수록 더 꽁꽁 붙어 있어야지. 붙어 살아서 볼 장 안 볼 장 다 본다고는 하지만 그래도 떨어지면 또 보고픈 게 가족인데……."

나는 엄마 말을 끝까지 듣지 않고 문 밖으로 나갔다. 울음을 참으려고 입술을 굳게 닫자 온몸이 울었다. 집 밖으로 달려 나왔다. 그렇게 뛰쳐나오고 싶었던 집을 나와 밖에서 집을 보았다. 안에는 뭐가 있는지 알 수 없지만 모든 집들은 조용하고 아늑해 보였다. 겉으로 안을 감싸 안고 있었다.

쓰레기를 가로수 밑에 기대 놓고 손등으로 눈물을 훔쳤다. 붉게 달아오른 눈 밑을 부채질했다. 나는 발걸음을 집으로 향했다. 문 앞에서 숨을 고르고 문고리를 잡았다.

엄마는 깨지지 않았다. 그래서 우리는 아직 따뜻한 밥 한 공기 담을 수 있는 둥근 그릇이다.

로자르아힘 고등학생 때 쓴 글을 출판할 기회가 올 것이라고 생각하지 않았습니다. 학생 때 글을 다시 읽으면서 이때에는 이때만 쓸 수 있는 것이 있구나 싶었습니다. 지금은 쓸 수 없는 문장을 다시 읽어 보면서 꽤나 노력했구나 싶었습니다. 저에게는 조금 부끄럽고 고치고 싶은 문장들이지만 지금 이 글을 읽는 누군가에게 반짝반짝하는 부분이 있었으면 좋겠습니다.

외계인

맨얼굴

내가 중학교를 졸업하는 동시에 할머니가 외계인으로 변했다. 외계인은 대소변을 가리지 못했으며 모두가 잠든 새벽에 시도 때도 없이 일어나 집 안을 쑥대밭으로 만들기 일쑤였다. 하루 종일 가족들의 꽁무니를 쫓아다니며 놀아 달라고 칭얼대는 낯선 외계인 때문에 우리 가족은 점점 지쳐 갔다.

할머니는 외계인이 되기 전, 그러니까 치매에 걸리기 전까지 내 기억 속에서 누구보다도 점잖고 다정하신 분이었다. 나는 어렸을 적부터 할머니와 함께 살았다. 맞벌이를 하는 부모님 때문에 항상 혼자였던 나를 감싸 준 것은 할머니뿐이었다. 나는 할머니의 구수한 청국장 냄새와 할머니가 웃으실 때 눈가에 잡히는 주름, 또 할머니의 나긋나긋한 목소리를 사랑했다. 할머니는 나긋나긋한 목소리로 내가 잠들기 전에 언제나 '이야기'를 들려주셨다. 나는 할머니의 포근한 품에 안겨 할머니가 들려주시는 무궁무진한 이야기 속에 빠져들곤 했다.

"보릿고개를 넘어가던 엄마 앞에 갑자기 호랑이가 어흥 하고 나타나서 말했어요. 떡 하나 주면 안 잡아먹지이."

"에이, 호랑이가 어떻게 말을 해. 동물원에서 본 호랑이들은 말 못 했어."

조그맣던 내가 할머니의 이야기 속에 끼어들어 말하면 할머니는 허허 웃으시곤 했다.

"호랑이들은 사실 말을 할 줄 알아요. 못 하는 척 가만히 있는 거지. 그래서 엄마는 머리에 이고 있던 바구니에서 떡을 하나 꺼내서 호랑이한테 주었어요. 그러자……."

할머니는 나를 꼭 껴안고 이야기를 계속하셨다. 나는 점점 희미해지는 의식 속에서 동물원의 호랑이들이 달빛 아래 춤을 추며 노래하는 모습을 상상하며 잠에 폭 빠져들었다.

언제나 내게 현실과 다른 외계인들, 가령 말하는 호랑이나 혹을 떼어 도깨비들에게 파는 영감의 이야기를 해 주던 할머니가 불현듯, 이야기 속의 외계인으로 변해 버린 것을 나는 믿기 힘들었다. 두루마리 휴지를 풀어 거실에 늘어놓는 할머니는, 내게 이야기를 들려주던 내 할머니가 아니었다. 할머니의 형상을 한 말하는 아기, 즉 외계인이었다. 내 할머니는 어딘가 숨어 있을 것이라고. 어린 나는 그렇게 믿었다.

그렇게 시간이 흘러 어느덧 나는 수험생이 되었다. 그날 나는 밤늦게까지 독서실에서 공부를 하고 집으로 돌아왔다. 그리고 내 방문을 여는 순간, 자리에 주저앉고 말았다. 외계인이 내 침대 위에서 생물 교과서를 수제비 만들 듯 죽죽 찢고 있었다. 여덟 달 동안 열심히 수업을 들으며 필기를 해 놓은 내 교과서가 눈앞에서 망가지고 있었다. 외계인은 뭐가 그리 좋은지 실실 웃고 있었다. 수능이 얼마 남지 않은 지금, 내게 저 생물 교과서는 목숨과도 같은 것이었다. 순간 저 외계인이 유에프오로 사라져 버렸으면, 하는 생각이 들었다. 거실에 있던 엄마가 뒤늦게

"아이고, 어머님 안 돼요!"

하고 달려왔다. 나는 두 주먹을 꾹 움켜쥐고 냅다 소리를 질렀다.

"요양원으로 가 버렸으면 좋겠어!"

나는 그대로 집 밖으로 뛰쳐나갔다. 제발 엄마가 내 말을 듣고 당장 저 외계인을 유에프오로 보내 버렸으면 하는 바람이 울컥 터져 나와 눈물이 되어 흘러내렸다.

집 옆의 놀이터 그네에 앉아 있던 내게 엄마가 다가왔다. 밤공기가 제법 쌀쌀했다. 엄마는 모래를 밟고 내 옆에 있는 그네에 와 앉았다. 하늘에는 별이 가득 떠 있었다.

"화 많이 났니?"

나는 아무 말 없이 고개를 푹 숙였다. 엄마가 주머니에서 무언가

주섬주섬 꺼내어 내게 쑥 내밀었다. 어린 내가 할머니 품에 안겨 잠들어 있는 모습이 담긴 빛바랜 사진이었다. 나는 그것을 받아 들고 엄마를 쳐다봤다. 엄마가 조용히 하늘을 바라보며 입을 열었다.

"사람은 누구나 누군가의 보살핌이 필요한 시기를 겪게 된단다. 네가 그 시기를 무사히, 행복하게 보낼 수 있었던 것은 부모로서 부끄럽지만, 모두 네 할머니 덕분이었어. 그리고 지금 할머니한테는 네가 필요해."

나는 엄마의 말을 듣고 다시 사진을 들여다봤다. 나를 품에 안고 행복한 웃음을 짓고 계신 할머니의 얼굴이 보였다. 그것은 외계인의 모습이 아니었다. 내가 너무나도 사랑했던 할머니의 모습이었다.

문득 그동안 할머니와 함께했던 기억들이 주마등처럼 지나갔다. 나긋나긋한 목소리와 나를 품에 안고 지으시던 웃음, 구수한 청국장 냄새가 생생하게 느껴졌다. 코끝이 시큰해지더니 눈물이 맺혔다. 치매에 걸렸어도 할머니는 여전히 내 가족인 것을, 나는 왜 그동안 할머니를 외계인 대하듯 낯설어 하고 불편해했던 걸까. 할머니한테 죄송스런 마음이 들었다. 가족이란 본래 서로를 언제나 아끼고 보살펴 주어야 하는 존재다. 할머니가 내게 그러했듯이, 이제는 내가 할머니를 사랑으로 보살펴 드려야 한다.

나는 손등으로 눈물을 훔치고 엄마와 함께 집으로 돌아왔다. 나는 그동안 '외계인의 방'이라고 칭하며 들어가지 않았던 방문을 천천히 열었다. 창문을 통해 들어온 달빛이 바닥에 깔린 이부자리 위에 누워 있는 할머니를 비추고 있었다. 나는 곤히 잠들어 있는 할머니의 품에 파고들어 갔다. 구수한 청국장 냄새가 희미하게 났다.

"할머니, 사랑해요."

나는 나긋나긋한 목소리로 말했다. 할머니의 입가에 번진 미소가 달빛을 받아 영롱하게 빛났다. 외계인은 어디에서도 볼 수 없었다.

맨얼굴 일곱 살 때, 저는 처음 외계인을 보았습니다. 옆집에 이사 온 그 사람은 5년 전 교통사고로 팔다리를 잃으며 외계인이 되었다고 했습니다. 나와 다르다는 이유 하나로 사람들에게 외계인 취급을 받는 그 사람을 저 역시 무서워하며 피했습니다. 하지만 사랑하는 내 가족이 한순간 그들과 같은 존재가 되는 일을 겪으며, 저는 외계인이란 우리의 시각이 만들어 내는 착시 현상이라는 것을 깨달았습니다. 이 세상에 외계인은 없으며 우린 모두 같다는 사실을 세상 사람들 모두가 알게 되는 그날까지 저는 열심히 글을 쓰는 사람이 되겠습니다.

하얀 러닝셔츠 바람의 아빠

"나 간다."

동생이 헐렁이는 남색 가방을 둘러메고 문을 나섰다.

"언제쯤 오니?"

"열두 시 반이요."

동생의 목소리는 건조했고 아빠의 목소리엔 걱정이 서려 있었다.

"준석아, 잘 다녀와."

화장실에 가려던 고모가 신발장 앞에 선 동생을 향해 얼굴에 힘을 주고 말했다.

티링 팅팅.

고모의 말은 문 밖으로 튕겨져 나갔다. 현관문 위쪽에 달아 둔 종이 부서질 듯 울리며 문 닫힘을 알렸다. 동생은 대꾸도 없이 이미

날랜 몸짓으로 집 밖 엘리베이터에 들어선 듯했다.

그 뒤부터 아빠는 주욱 흥미도 가지 않는 지루한 텔레비전 프로그램을 켜 놓고선 이불도 없는 마루에서 선잠을 자고 있는 것이다. 내일 회사에 가셔야 하는데, 걱정이 잠시 이마께로 스치지만, 나는 방문을 닫아 걸으며 다시 아무렇지도 않게 나만의 세계에 빠져들어 갔다.

오늘 서울은 하루 종일 무더웠다. 이번 여름도 여느 때와 다름없이 친절하게, 가만히 방에 처박혀 기생하고 있는 나에게도 자신의 체온을 나누어 주었다.

"이 무더운 여름을 보내게 해 주셔서 참 감사합니다."

엄마는 언젠가 밥상에서 내가 더위 투정을 하자, 나보고 들으라는 듯이 이렇게 소리 내어 하나님께 감사 기도를 했다. 반찬 투정으로는 이제 모자르냐고 눈치를 주면서.

"더운 걸 어쩌라고. 엄마도 참."

나는 엄마의 기도에 무안해졌지만 그것도 잠시, 없는 반찬 앞에 다시 입을 비죽거렸다.

할머니가 저번에 자기 방에 있는 선풍기가 고장이 났다면서 마루까지 그 무거운 것을 들고서 아빠에게로 왔다. 아빠는 아이 같은 얼굴로, 정신은 이미 올림픽 중계방송에 팔려 헤매이며, 자기가 쐬고 있던 것을 할머니에게 주었다.

"하나 사지, 뭐."

그러면 된다고 말하며 아빠의 시선은 다시 무감각하게 텔레비전으로 향했다.

할머니는 좋아하며 선풍기를 들어 올렸다.

"제가 들어 드릴게요."

나는 선풍기에서 할머니의 주름진 손을 거두고서 직접 할머니 방까지 선풍기와 나에 대한 할머니의 대견한 칭찬들을 가져다 드렸다.

그러면서 미묘하게 나는 아빠에게 부아가 치밀어 올랐다. 매일 자신의 노동력을 착취당하는 '일 감옥'에서 시간을 보내고(그것도 '가족'이라는 이름 아래에 쇠사슬처럼 묶인 우리 자식들을 위해서 말이다.) 그 대가로 받은 피 같은 돈을 아빠는 너무 쉽게 쓰고 흘려보내는 것 같았다.

어렸을 때 아빠에게 물어본 적이 있다.

"아빠, 돈 열심히 벌면 그만큼 아껴 써야 하는 것 아닌가."

어린 나이지만 나름 아빠에게 훈계하듯, 이제 다 큰 어른인 양 물었다. '아빠는 왜 어린 나보다 더 철이 없어요, 왜 아빠는 이렇게 어린 애 같아요.' 어쩌면 이제 점점 나이를 먹어 가는 사십대 중반의 피곤한 가부장에겐 자존심 꽤나 긁는 질문이었겠다.

하지만 아빠는 되려,

"응. 아빠는 대학교 마치고 바로 취직해서 그 아까운 젊음을 회사에 다 바쳤거든. 그때가 아빠는 좀 미련이 남아. 그때의 가난에 더 이상 쪼들리기 싫다. 이제는, 돈 좀 쓰더라도 누릴 것은 다 누리면서 살고 싶어."

라는 말로 나를 난처하게, 또 조금 슬프고 죄송스럽게 만들었다.

그래, 나는 아빠를, 아니 아빠의 가난했던 옛날을 조금은 알지. 그러나 얼마나 알고 있나. 아니, 알고 있다고 말할 수나 있을까?

내가 초등학교 2학년 때였을 것이다. 엄마와 밖에 놀러 나갔다가 돌아온 집 현관문 앞에 이상한 게 붙어 있었다. 아빠가 남기고 간 쪽지였다. '아버지가 돌아가셔서 급히 대구 내려가……' 할아버지, 그러니까 아빠의 아버지가 돌아가셨다. 엄마가 짐과 동생과 나를 챙겨 할아버지 집으로 갔다. 그곳에서 할아버지의 영혼이 떠난 시신이 흰 천에 덮여 옮겨졌다. 할머니와 고모, 그리고 아빠가 울고 있었다. 아, 아빠가, 아빠가……. 얼굴과 눈이 시뻘게져서 큰 소리로 우는 그 모습이 나는 낯설고 두렵기까지 했다.

방에 들어가라는 어른들의 지시에 나는 동생을 데리고 방으로 들어갔다. 그 순간 나는 너무나 혼자 남은 기분이 들었다. 내게 무엇보다 소중한 엄마 아빠도 언젠가 할아버지처럼 죽는구나. 죽음 앞에 우리는 이렇게도 무력하구나. 어른들은 뭐든지 다 완벽한 존재이고 나를 지켜 줄 거라고 여겼던 내 어린 생각은 산산조각 나고 말았다.

그 후 한번은 꿈에 빨간 양복 차림의 할아버지가 나왔다. 우리 가족을 식탁에 앉히고는 맛있는 음식을 주문해 주셨다. 할아버지는 우리를 그리워하는 것처럼 보였다. 아빠에게 그 꿈을 말했더니, '할아버지가 우리를 보고 싶어 하시나 보다.' 하고 웃었다. 아빠는 그때 어떤 마음이셨을까.

내가 자라고 나니까 아빠의 사소한 행동들을 알아챌 수 있게 되었다. 아빠는 '남자가 늙으면 여성호르몬이 나와서 점점 여성화되어 간다.'는 과학적 진리를 피해 가지 못한 듯했다. 아빠가 텔레비전을 보다가 자주 우는 것을 보았다. 언젠가는 아들을 자신보다 먼저 하늘로 떠나보내고 죄책감을 끝끝내 못 놓는 어떤 노인에 대한 이야기가 나왔다. 그분은 하늘 어딘가에 있을 거라고 믿는 아들에게 더 가까이 가 보고 싶다며 스카이다이빙에 도전했다. 아빠는 눈시울이 붉어졌다. 그리곤 세면대가 있는 화장실을 찾아 혼자 슬쩍 자리를 떴다.

나는 마음이 저릿저릿해지고 말았다. 너무나도 여리고 연약한 한 존재로서의 인간을 보는 순간. 그럴 때면, 어렸을 적 항상 내가 모르는 모든 문제를 알고 있고 고장 난 내 장난감을 고치고, 가장 재미난 놀이와 이야기를 해 주시던, 나의 슈퍼맨, 나의 영웅이었던 아빠는 흘러간 시간들, 그러니까 내가 커 버린 만큼 늙어 버린 그의 세월 속으로 작별을 고해야 했다.

아빠는 이제 더 이상 모든 속상한 울분과, 동생과의 유치한 싸움에서 내 편을 들어주던 나의 백마 탄 흑기사가 아니었다. 새까맣게 젊던 머리카락이 하나둘 허옇게 세어 가고, 수염을 깎지 않으면 몰라보게 초라해 보이는, 아들과의 세대 차이를 좁혀 볼까 싶어 현란

하고 어지러운 아이돌 음악을 일부러 찾아 듣는 불혹의 나이를 가진 아버지였다.

나는 사춘기 때 아빠가 싫었다. 아니, 아빠를 비롯한 모든 어른들이 싫었다고 해야 맞겠다. 어른들의 거짓말이 싫었고, 아무것도 모르면서 보태는 잔소리가 싫었고, '세상은, 인생은 말이야……' 하면서 고작 몇십 년 먼저 태어난 것 가지고서 하는 훈계가 싫었다. 위선자라고 몰아세우며 욕했다. 나이만 먹으면 다 어른이 되는 것은 아니라고, 왜들 그렇게 구질구질하게 사는 기성세대가 되었냐고.

하지만 이십대, 사회에서 '어른'으로 대접해 주는 인생의 한 시기의 경계선 앞에 서서히 다가가고 있는 지금, 열아홉인 나는 이제 조금씩 아빠를 이해할 수 있게 되었다. 허위적으로만 보였던 어른들의 삶도.

풍파 앞에서 자신을 지키기에는 너무나 벅찼던 작은 새 같은 존재들이었다. 세상이 몰아넣은 가치관 안에서, 어쩔 수 없이 자신의 것이 아닌 허례허식과 모순으로 가득 차 버린 그들에게, 자신의 구겨진 마음을 꺼내어 다림질하고 펴 볼 수 있는 시간은 주어지지 않는다. 모순이 끝없이 반복되는 뫼비우스의 띠처럼 지루하게 이어지는 세상길에서 벗어날 길도 주어지지 않는다. 그저 멈추면 죽는 것이다. 너덜너덜하게 일그러져 버린 영혼들을 어느 무엇이 다시 회복시킬 수 있는가 말이다.

마치 쳇바퀴 돌 듯 등 떠밀려서 가지만 '가족'이라는, 내칠 수 없는, 그의 전부가 되어 버려 이젠 삶을 떠받치고 있는 이 한 단어의 무게가 맴돈다. 그러므로 멈출 수 없다는 것을 그는 잘 알고 있다. 지독한 사실은 단지 그것 때문에라도 아버지들은 잔인한 이 세상의 법칙을 기꺼이 받아들인다는 것이다.

어느 날 학교에서 보여 주었던 뮤직비디오, 싸이의 '아버지'. 아내와 두 자식을 위해 자신의 몸과 생을 다 바쳐 불사르기까지 하는 한 아버지의 모습. 커다란 집 한 채를 밧줄에 묶고 그것을 아버지는 어깨에 들쳐 메고서 손에 피가 맺히도록 비틀거리며 끌어낸다. 애니메이션이었음에도 이 모습에 어떠한 애잔함이 묻어 있었다. 그 위로 덮여 오는 눈물짓게 하는 싸이의 목소리.

YO~ 너무 앞만 보며 살아오셨네
어느새 자식들 머리 커서 말도 안 듣네
한평생 처자식 밥그릇에 청춘 걸고
새끼들 사진 보며 한푼이라도 더 벌고
눈물 먹고 목숨 걸고 힘들어도 털고 일어나
이러다 쓰러지면 어쩌나
아빠는 슈퍼맨이야 애들아 걱정 마

동정심의 바다에 허우적대던 나는 머리를 흔들며 깨어나 시계를 흘끗 보았다.

열두 시 정각.

다시금 자고 있는 아빠를 본다. 아빠의 코 고는 소리가 정답다. 나는 가만히 싱긋 웃었다. 그러다가 문득 깨달은 하나의 사실.

그러고 보니 아빠는 독서실에 간 아들의 늦은 귀가에 맞춰 문을 열어 주기 위해서 바람도 더 이상 불어 주지 않는 여름날, 더운 공기만 가득 찬 딱딱하고 차가운 마룻바닥에서 아들이 초인종을 누르길 기다리다가 저렇게 잠들어 버린 것이었다.

하얀 러닝셔츠 바람으로 가슴에 두 손을 살포시 올려놓은 채 잠든 수척한 아빠의 모습이 오늘따라 유난히 사랑스럽다.

비오 뜬금없이 걸려온 전화를 받은 것은, 글 쓰는 시간이 좋지만 아직 뚜렷하게 보여 줄 무엇이 없어 절로 고개가 숙여지던 차였다. 폐쇄적인 성향에다가 남의 시간에 나를 잘못 맞추던 나는 스무 살 넘어서야 제도권 안에서의 치열한 경쟁 세계를 맛보게 되었다. '대부분 이런 세상을 겪고 사는구나, 아빠 역시.' 내가 안으로만 자꾸 곪아 갈수록 바깥에서 아빠가 쳐야 했을 막은 그만큼 더 두터웠을 거다. 그런데도 아빠는 나에게 '천천히 가면 되지.' 한다. 나 기죽지 말라고 어깨 툭툭 쳐 주는 아빠의 응원 같아서 이 전화가 좀 먹먹했다.

생일 축하합니다

뫼띠

"선생님 다음 주 토요일이 할머니 칠순이셔서 가족끼리 모여서 밥을 먹기로 했어요. 수업은 못 할 것 같아요. 죄송합니다."

저번 주에 과외 선생님께 보낸 문자메시지 내용이다. '손자 대학 가는 건 보고 죽을 수 있을지 모르겠다.'는 말을 입버릇처럼 하시던 할머니가 어느새 손자 놈 대학교 갈 해에 생일을 맞으셨다. 재수를 선택하지 않았다면 할머니는 올해 내 대학교 입학식을 보실 수 있었을 테니까 말이다. 아직 할머니는 내가 대학교 가는 모습을 보시지 못했다. 재수를 선택해 버린 못난 손자 놈 때문에 할머니의 작은 바람은 최소한 1년간의 유예기간을 추가로 갖게 되었다. 물론 내년 내 입학식까지 할머니가 살아 계실 것이라고 나는 확신한다. 그래도 요즘 부쩍 건강이 안 좋아지신 할머니를 보면 조금씩 미안한 마음이 생긴다.

엄마와 아빠의 맞벌이는 내가 어린 시절을 할머니와 함께 보낼 수 있게 해 주었다. 부모님은 할머니네 집에 나를 맡기고 일을 나가셨고 나는 초등학교 2학년이 될 때까지 할머니네 집에서 살았다. 나는 두 살부터 일곱 살까지 할머니와 같이 살았던 시간을, 살면서 가장 행복했던 때로 요즘도 주저 없이 꼽는다. 할머니 집에는 나와 할머니, 할아버지, 외삼촌 이렇게 네 식구가 같이 살았다. 우리 네 식구 확대가족은 조금씩 불편할 때도 있지만 나름대로 화목하고 행복한 가정 중 하나였다. 유치원에서 엄마를 데려오라고 하는 날이면 할머니가 와 주셨고, 내가 잘못한 일이 있으면 삼촌은 아빠 대신 회초리를 드셨다. 우리 집에 있었던 나무로 된 4인용 식탁은 언제나 우리 네 식구로 꽉 차 있었다.

나는 요즘 아이들과 다르게 그리고 우리 엄마가 원하는 아들의 모습과 다르게 낙천적이고 매사에 태평한 면이 있다. 충청도가 고향인 우리 할머니는 나에게 느리게 사는 법을 가르쳐 주셨다. 인천 우리 집에 에어컨이 처음 설치되던 날부터 그 달 전기 요금이 나오던 날까지 할머니와 나는 오후 두 시부터 네 시까지 에어컨을 켜 놓고 낮잠을 잤다. 잠이 오지 않는 날이면 그냥 누워서 둘이 이런저런 얘기들을 하며 할아버지가 오실 때까지 누워 있기도 했다. 엄마의 어릴 적 얘기, 삼촌 어릴 적 얘기, 할머니 어릴 적 얘기……. 분명 어제도 듣고 엊그제도 들었던 얘기인데도 별로 지루하지 않은 시간이었다. 그달 전기 요금 고지서가 집으로 배달된 날 어마어마한 전기 요금에 놀란 할머니는 더 이상 에어컨을 켜지 않았다. 그 대신 선풍기 두 대를 켜 놓고 거실 바닥에 누워 엄마의 어릴 적 얘기, 삼촌 어릴 적 얘기, 할머니 어릴 적 얘기들을 한 모금 한 모금 해 주셨다. 몇 번째 듣는 그 얘기들을 듣다가 나는 땀을 뻘뻘 흘리며 조용히 잠이 들었다.

초등학교 입학식 전날 밤 잠자리에서 할머니 옆에 누워 학교 가기 무섭다고 울음을 터뜨렸다. 학교를 간다는 것이 괜히 할머니와 멀어지는 것처럼 느껴졌던 것 같다. 할머니는 졸린 목소리로 괜찮다고 말해 주면서 나를 토닥여 주셨다. 그러면 또 아무 이유 없이 울음을 그치고 조용히 잠이 들기도 했다.

할머니, 엄마의 엄마를 나는 할머니라고 부른다. 엄마의 엄마를 지칭하는 단어이고 '엄마'보다도 긴 단어이지만 그때 나에게 '할머니'라는 말은 엄마 이상의 엄마다움을 느끼게 해 주었다.

초등학교 2학년이 되던 해 아빠와, 내 교육을 위해 은행을 그만두신 엄마와, 나 이렇게 셋이 함께 살게 됐다. 엄마랑 같이 살면서 엄마에 익숙해지고 인천 친구들과는 다른 서울 아이들과 어울려 놀면서 나는 할머니와 조금씩 멀어져 갔다. 명절 때 한 번씩 할머니를 만나면 이상하게 존댓말이 나왔다. 몇 개월에 한 번씩 보는 할머니는 눈에 띄게 늙어 가고 계셨고 나는 영원히 늙지 않는 내 추억 속의 할머니와 점점 늙고 계시는 눈 앞의 할머니를 천천히 분리시켰던 것 같다.

어느 추석 때에는 할머니 집에 온 가족이 다 모였다. 자연스럽게 옛날 얘기가 나왔고 엄마는 눈물을 흘렸다. 할머니는 같이 눈물을 흘렸고, 그걸 보다가 나도 모르게 눈물을 흘렸다. 열세 살짜리 나는 엄마한테 울면서 소리쳤던 것 같다. 왜 할머니를 울리냐고. 어렸을 때 엄마네 집이 가난했던 게 할머니 탓이냐고. 나는 엄마한테 대들 었으므로 죽도록 맞았고 할머니는 나중에 조용히 나를 불러 핀잔을 주셨다. 내가 할머니 편을 들면 엄마는 많이 슬플 거라고. 나는 엄마한테 그러면 안 된다고. 알 수 없는 서러움이 느껴져서 또 눈물을 흘렸다. 지금 생각해 보면 할머니 편을 들어줬는데 칭찬을 받지 못하자 배신감을 느낀 게 아닌가 싶다. 울면서 나는 모든 걸 참고 사시는 할머니가 처음으로 이해가 가지 않았다.

얼마 전에 허리 수술을 하신 할머니가 우리 집에 왔다. 재수 학원 이 끝나고 집에 와서 할머니를 보고 나는 반가움보다는 알 수 없는 슬픔과 불편함을 느꼈다. 약을 잘못 먹어 생긴 부작용 때문에 마지 막으로 봤을 때보다 훨씬 뚱뚱해지신 할머니가 낯설고 안쓰러웠기 때문이다. 허리 수술 후 재활 기간이라 거동도 불편하신 할머니의 뭉칠 대로 뭉친 어깨를 주물러 드리면서 우리는 13년 전처럼 이런 저런 얘기들을 했다. 왜 할머니 집이 아니라 여기 오셨냐고 물어봤 고 할아버지와 싸워서 그렇다고 대답했다. 할아버지가 무서워서 여 기 오셨다는 말을 듣고 눈물을 참기 위해 꽤 많은 노력을 했다. 할머니는 요즘 몸 여기저기가 쑤신다고 하셨고 나는 빨리 한의사가 돼서 이곳저곳 아픈 곳이 하나도 없게 해 드리겠다고 마음속으로만 중얼거렸다.

오랜만에 할머니와 거실에 이불을 펴고 누워서 세상 얘기들을 했다. 이제 매번 듣던 엄마 어릴 적 얘기가 아니라 나 어릴 적 삼촌하고나 했을 법한 얘기들을 나눴다. 나는 예전보다 훨씬 많이 말했고, 할머니 말에서 이해가 가지 않는 부분들은 할머니의 말을 끊고서라도 물어보고 넘어갔다. 나는 할머니가 못 알아들을 것 같다고 생각되는 말들은 하지 않았고 계속 말을 하느라 예전처럼 할머니 얘기를 들으면서 자연스럽게 잠이 오지도 않았다. 새벽 한 시 반쯤 할머니는 수면제를 드셨다. 나는 누워서 눈을 감고 그날 할머니와 나눴던 얘기들을 곱씹고 있었다. 정치 얘기, 경제 얘기, 올림픽 얘기. 이제는 수면제 없이는 한숨도 주무시지 못한다는 할머니 옆에서 나는 그제서야 아까 못 했던 얘기들을 꺼내 놓는다. '할머니 왜 이렇게 늙으셨냐. 할머니 왜 이렇게 아프시냐.' 내일 아침 학원 시간에 늦지 않기 위해 수면제 대신 이어폰을 귀에 꽂고 눈을 감았다.

내일은 할머니 생일이다. 그리고 나는 엄마와 작은 말다툼을 벌였다. 할머니 칠순에 가려고 과외 수업을 하루 취소했다는 소리를 듣고 엄마는 기겁을 하셨다. '그 수업이 한 번에 얼마짜리 수업인 줄 아느냐.'로 시작한 잔소리는 '재수생인 네가 아직도 정신을 차리지 못했다.'를 거쳐 결국 '그 수업이 한 번에 얼마짜리 수업인 줄

아느냐.'로 마무리됐다. 나는 내가 한 행동의 정당성을 인정받기 위
해서 한마디씩 맞서다가 이내 엄마 말에 수긍하고 말았다.

"할머니 못 본 지 오래된 것도 아닌데 그냥 나는 집에 있을게."

"그래, 너한테 지금 뭐가 중요한지 잘 생각해 봐라. 그런 건 너한
테 전혀 중요하지 않아. 넌 네 공부만 신경 써. 그리고 할머니한
테도 그게 효도하는 거야."

일주일에 두 번 있는 수학 과외 수업과 평생에 한 번 있는 할머니
의 칠순 잔치 중에 나는 수학 과외 수업을 선택했다.

"선생님 죄송한데요. 내일 수업 할 수 있을 것 같아요."

다시 선생님께 문자메시지를 보낸다. 오랜만에 할머니에게 효도
를 하는 나는 오랜만에 마음이 굉장히 무겁다.

뙤띠 이 글은 제가 삼수할 당시, 스무 살 때 쓴 글이에요. 그때는 왜 그렇게 세상 모든 게
다 맘에 안 들고 부조리해 보였는지……. 아직 많지 않은 나이지만, 나이가 든다는 것은
이렇게 세상에 점점 익숙해지는 것인가 봅니다. 어른들은 '철없다. 고생을 덜 해서 그렇
다. 배부른 소리다.' 할 지 모르지만, 제 생각은 그렇지 않아요. 청소년들의 철없는 문제
의식이 사실은 어른들이 잊고 사는 '순수함'을 대변하고 있다고 생각해요. 자기의 목소
리를 끊임없이 내고, 지금 즐거운 것을 하세요. 그것이 결국 여러분을 행복하게 할 거예
요. 부모님이 공부할 시간 뺏긴다고 못 쓰게 했던 글이 지금 저에게 이런 소소한 행복을
안겨 주는 것처럼 말이지요.

슈퍼 할아버지

정소희

어린 여자아이의 시각으로 보았을 때, 우리 동네는 세상의 전부였다. 마당 밖을 나갈 때에는 부모님께 허락을 받아야만 했던, 걱정 없고 절망이 없던 예닐곱 살의 아이에게는 말이다.

우스꽝스럽게 모습이 비치는 대문에 얼굴을 이리저리 가져다 대며 꺄르르 웃다가, 조금만 놀다 오라는 부모님의 허락이 떨어지자마자 총알같이 튀어 나가던 나는 항상 동네 슈퍼로 향했다. 오른쪽으로 곧장 걸어가다 보면 갈림길이 나오고, 살짝 경사가 있는 왼쪽으로 달음박질쳐 올라가면 빨간색 천막으로 가려져 있는 번쩍번쩍한 슈퍼가 나온다.

그 슈퍼 앞 평상에는 주로 슈퍼 할아버지께서 연신 부채질을 하며 앉아 계셨다. 덥지도 않냐며 숨을 몰아쉬는 내게도 해진 부채로 바람을 나눠 주시는 할아버지의 웃음이 좋았다. 할아버지께서 어디에 사시는지, 가족은 어떻게 되는지, 성함이 무엇인지 나는 아는 것이 없다. 그저 시간만 나면 쫄랑쫄랑 슈퍼로 들어가 껌이나 과자 따위를 살 뿐이었다.

부모님과 할머니를 졸라 얻은 돈으로 슈퍼에 가서 예의 그 불량 식품들을 고를 때면 세상을 다 가진 기분이었다. 닿지 않는 높은 곳에 진열된 네모난 과자들은 높이만큼이나 내게 먼 것이었지만, 아래쪽의 과자만으로도 나는 만족했다. 동전 몇 개를 짤그랑거리게 내려놓고 과자를 손에 들면 나는 기대가 가득 담긴 표정으로 할아버지를 올려다보았다. 그러면 귀신같이 내 의중을 알아채고, 계산기 옆 투명한 통에 담긴 50원짜리 초콜릿을 건네주셨다. 그 초콜릿이 좋아 나는 슈퍼를 자주 찾았다. 이는 아무도 모르는 나만의 비밀이었다.

초콜릿을 내게 건네주실 적에도 장난기가 가득한 할아버지는 그냥 주는 법이 없으셨다. 손등을 꼬집기도 하고, 손바닥을 간질이실 때도 있었다. 어린 마음에 그 장난에 심술이 나 초콜릿을 날름 받고 슈퍼 밖으로 달려 나가면, 윤석이 또 뛰어간다고 호통을 치셨다.

슈퍼의 한편에는 누런 황구 두 마리가 항상 묶여 있었다. 사람을 봐도 짖지 않는 순한 녀석들이라 강아지를 무서워하는 나도 그 녀석들과는 친하게 지냈다. 내가 머리를 쓰다듬으면 눈을 감고 기분 좋게 늘어지던 강아지들의 모습이 신기했다. 이름도 없는 황구 두 마리는 항상 목줄에 묶인 채였다. 어린 나이에도 그 모습이 불쌍해 보였다. 하지만 만약 목줄이 없었다면, 나는 황구들과 친해질 수 없었을 것이다.

그곳은 항상 사진에 찍힌 듯이 그대로였다. 오늘도 내일도, 일주일 후에도, 한 달이 지나도. 바뀌는 제품이 있을지는 모르지만, 풍경은 그대로였다. 그곳엔 황구 두 마리가 있었고, 싸구려 과자들이 있었고, 푸근한 인상의 슈퍼 할아버지가 계셨고, 간혹 통통하신 슈퍼 할머니가 계셨다. 여전히 닿지 않는 높은 곳엔 네모난 상자에 든 비싼 과자들이 즐비했고, 50원짜리 초콜릿도 그대로였다. 투명한 통에 담긴 초콜릿의 양이 줄어들 때마다 전전긍긍하던 내 마음만 변덕스럽게 바뀌었다.

그 근처에 있었던 친구네 집을 갈 때에도 나는 항상 뛰었다. 뭐가 그리 급했는지 항상 나는 이리저리 천방지축으로 뛰어다녔다. 그런 나를 밖에서 마주칠 때에도 슈퍼 할아버지는 내게 인사를 해 주셨다.

"윤석아, 그렇게 뛰면 넘어진대도."

그럼 나는

"괜찮아요."

하고 장난스럽게 웃다가 친구네로 쏙 들어가 버리는 것이 대부분이었다. 내가 먼저 인사를 하는 경우는 거의 없었다. 인사성이 바르기로 명성이 자자했던 내가 그러지 못했던 이유는, 항상 나보다 슈퍼 할아버지께서 먼저 인사를 건네주셨기 때문이다. 그래서 조금은 미운 감도 있었다. 먼저 인사하는 것을 좋아하던 내게, 먼저 인사해 주는 것이란 생소하고 조금은 기분 나쁜 감정이었으니 말이다.

그리고 시간은 빠르게 흘렀다. 집 드나들 듯 자주 향했던 슈퍼는 이제 마음 한편으로 사라져 갔다. 초등학교 고학년 때는 갈림길 오른편에 깔끔하고 물건도 더 많은 마트가 생겼고, 사람 냄새는 적게 났지만 그때부터 나는 마트를 선호했다. 나이가 더 들고부터는 편의점을 다니기 시작했다. 동네 슈퍼보다는 편의점이 더 청결했고, 사무적이었다. 왜 그랬는지 나는 사무적인 그 분위기를 동경했다.

슈퍼가 있는 쪽으로는 거의 발도 안 붙이던 나는 그 슈퍼를 잊고 살았다. 그러다가 정말 오랜만에 슈퍼에 가게 될 일이 생겼다. 무슨 일이었는지 자세히 기억은 나지 않지만 그때 느꼈던 감정은 생생하다.

슈퍼에 들어가기도 전에 나는 걸음을 멈췄다. 내 기억 속의 슈퍼는 이런 모습이 아니었다. 애써 현실을 부정하려 해 보았지만, 보이는 것은 허름하고 낡은 슈퍼의 전경이었다. 그것은 마치 할아버지가 쓰시던 낡은 부채와 같았다.

끼이익거리는 낡은 마찰음을 내는 문을 열고 슈퍼 안으로 들어간 나는 그만 왈칵 눈물을 쏟을 뻔했다. 항상 보이던 황구 두 마리가 없었다. 손님이 오면 감고 있던 눈을 살짝 뜨며 꼬리로 성의 없이 인사하던 녀석들이 보이지 않았다. 그러고 보니 부모님께 그 집 강아지가 죽었나 보다는 이야기를 들었던 것도 같다.

하지만 내게 눈물을 쏟게 만든 것은 황구가 아니었다. 항상 황구가 있던 자리에 의자를 두고 앉아 힘없이 졸고 있는 노인 때문이었다. 내가 들어오는 소리에 부스스 눈을 뜨며 '어서 오세요.' 이 다섯 음절을 내뱉는 모습이 힘겨워 보이는 볼품없는 노인. 나는 단숨에 알아보았다.

'슈퍼 할아버지다. 아아, 이 볼품없는 노인이 생명력 넘치던 내 추억 속의 슈퍼 할아버지다!'

떨리는 다리를 움직여 물건을 사려는데, 진열장의 높이가 내 키보다 낮았다. 둘러보니 가게 안의 풍경은 과거 그대로였다. 편의점이나 마트에서는 찾아볼 수 없는 말 그대로 옛것인 과자들이 참 많았다. 우스웠다. 어린 시절에는 사고 싶어도 살 수 없었던 네모난 상자 속 과자들을 부담 없이 살 수 있게 된 내 모습이.

계산을 하기 위해 지갑에서 돈을 꺼내던 나는 달라진 또 하나의 배경을 발견했다. 계산기 옆 투명한 통이 온데간데없었다. 그 안에 들어 있던 50원짜리 초콜릿은 이제 찾아볼 수 없는 것이 되었다. 그렇게 된 것이 언제부터였더라, 기억도 나지 않는다.

나는 더 이상 울음을 참을 수 없었다. 거스름돈을 받을 새도 없이 슈퍼 문을 박차고 나가는 내 뒤로 할아버지의 힘없는 목소리가 들렸다.

"학생, 거스름돈은 받고 가야지."

더 이상 할아버지는 나를 윤석이라고 불러 주지 않으셨다. 뛰지 말라고 호통을 치지도 않으셨다. 내게 초콜릿을 주며 장난을 치지도 않으셨고, 아마 나를 기억 못 하실지도 모른다. 차라리 다시 가지 않았으면 좋았을걸, 후회의 후회를 곱씹으며 나는 한참이나 벤치에 주저앉아 울음을 삭였다.

정소희 이 글을 썼던 고등학생 때, 저를 휘두르던 건 변화에 대한 야속함이었습니다. 이는 오랜만에 만나면 어른들이 주시던 주전부리가 빳빳한 만 원짜리로 바뀌고, 성인이 된 현재 그것이 다시 네모난 명함으로 바뀌는 동안 수도 없이 느꼈던 감정입니다. 모두가 겪었을 '언제까지나 어린아이일 줄 알았던 자신'에 대한 이야기를 쓰고 싶었습니다. 가끔은 어린 시절에 자주 다니던 곳으로 가 보는 것도 좋겠습니다. 학교 가던 골목, 자주 다니던 분식집, 작은 놀이터. 기억과 같은 것은 찾기 힘들어도 비슷한 감정과 익숙함은 잠시나마 여유를 안겨 줄 것입니다.

추모할 자격

몽포르

어제 아침 무렵, 조금 더 정확히 하자면 2010년 1월 9일 오전 9시부터 용산 참사에 의해 무참히 희생된 열사들이 드디어 정식 장례를 치르게 되었다. 사건이 벌어진 지 거의 355일 만이다. 나는 전날부터 참석해야 할지 말아야 할지 적지 않게 고민했다. 물론 국민들의 관심 속에서 대대적으로 장례를 치르고, 노제를 진행하는 일련의 과정들의 의도를 모르는 바 아니지만, 혹시나 그들의 죽음이 누군가의 값싼 동정으로 치환될 것이 두려웠다.

이제 와 용산 참사를 논하며 대국민 동정론 따위를 들먹이는 행위는, 기회다 싶어 청렴결백한 민주투사의 모습으로 스스로를 분칠하려는 수작이 뻔히 들여다보이는 몇몇 정치인들의 위선 어린 공작, 그 이상은 아니다. 심지어 몇몇 언론에선 이명박 대통령 측에서 용산 참사를 두고 '시대적인 비극'이라 자조하며 깊은 탄식을 했다고 선심 쓰듯 보도한다. 살인을 공모한 배후의 심정마저 이러한데, 대한민국 국민들 중에서 용산 참사에 관해 동정을 품지 않을 이가 어디 있으랴. 그러나 동정과 눈물 몇 줄기와 뒤이은 일갈만으론 결코 그들의 넋을 기릴 수 없다. 이제 문제는 그 너머에 있다.

고인에 대한 가장 기본적인 예우의 절차는 355일 전에 이미 전국민적으로 끝마쳤어야 했다. 뒤늦은 장례지만 나는 영결식만큼은 참석하기로 마음을 다잡았다. 거창한 이유가 아니라, 아무래도 그들에게 마지막 작별 인사쯤은 해 줘야 내 마음이 편할 것 같았다. 결국 그들을 위해서가 아니라 순전히 나를 위해서 추운 겨울, 어렵사리 집을 나섰다.

서울역 광장에 도착하니 멀리서부터 사물패들의 공연 소리가 들려와 귓속을 아득하게 울렸다. 경쾌했지만, 되려 슬프게만 들렸다. 마침내 인파를 비집고 들어가 적당한 곳에 자리를 잡았다. 막상 자리에 가만히 버티고 서 있으려니, 날씨가 참으로 매서웠다. 고개를 빼고 주위를 둘러보니 전체적으로 상황은 어수선했다. 군중들의 대오는 잘 갖춰져 있지 못하고 그나마 유가족 좌석 근처에 갖춰 있던 암묵적인 바리케이드마저도 위태했다. 협소한 장소 때문이기도 했거니와, 촬영하려 안간힘 쓰는 기자들의 탓이 컸다.

사물패의 장단에 맞춰 여기저기서 터져 나오는 카메라 플래시는 참으로 볼썽사나웠다. 기자들은 단상 위에 막무가내로 올라가서 카메라로 군중들을 훑어 대기에 바빴다. 심지어 몇몇은 유가족들 면전에 대고 사진을 찍어 대기까지 했다. 진행자는 제재를 가했지만, 들은 척도 안 했다. 그것은 진실을 알리기 위한 언론의 의무 때문이 아니라, 오로지 더 현실감 있는 장면을 포착해 시청률과 구독률을 높이기 위한 그들만의 고군분투였다. 얼굴이 절로 찌푸려졌다. '여기는 영화 시사회장이 아니다. 인간들아, 슬퍼할 줄 좀 알아라.' 외치고 싶었지만, 단어들이 자꾸만 입가에서 머뭇거렸다.

모든 일들은 정신없이 펼쳐졌다. 민주노총 조합원들이 형형색색의 장대 깃발을 허공에 치켜들고 군중들 사이를 헤치며 행진을 했다. 엉킨 군중들 탓에 그들의 발걸음은 단속적으로 멈춰 섰다. 그 와중에 깃발들은 겨울바람에 사납게, 그저 사납게만 나부꼈다. '민중들의 목소리여, 불타올라라.' 깃발 속에 새겨진 글귀들은 서럽게 울었다. 중년들의 입에 물린 담배꽁초에서 무심코 독한 연기가 비어져 나와 사람들의 입김 속에 희석된다. 서울대 공대 학생회는 광장 옆 도로 곁에 모여 무어라 함성을 질렀다. 진행 위원들이 팸플릿을 나눠 주며 여기저기를 쏘다녔다. 어느 초로의 노인이 갑작스레 이게 무슨 난장판이냐 욕지거리를 퍼부으며 혈기를 과시한다. 노인의 힘 풀린 괄약근에서 배설물 대신 삭은 말들이 토해진다. 거리 저편에선 전경들이 불안한 눈초리로 모든 광경을 쏘아보고 있다. 마침내 사물패들이 물러가고 조사가 시작되었다.

크레인으로 올린 대형 스피커에서 굵직한 목소리들이 연이어 울

려 퍼졌다. 그러나 나는 장례 위원장과 시인과 국회의원들이 군중
들에게 무어라 눈물 섞인 호소를 하는지 차마 새겨들을 수 없었다.
허공에서 어렴풋이 맴도는 소리의 잔상들만이 아른거렸다. 온몸이
추위 탓에 부들부들 떨리고 도무지 집중이 안 되었다. 아무래도 한
겨울에 얇은 단화를 신고 나온 것이 화근이었다. 발끝의 감각이 무
뎌지고 시간이 지나서부터는 아려 오기까지 했다. 애써 발을 동동
구르고 발가락을 움직여도 봤지만 허사였다. 고통스러웠다. 집으로
돌아가고 싶었다. 따뜻한 이불 속에 발을 디밀고 몇 분이라도 누워
있었으면…….

　그러다 문득 단상 위에 줄지어 늘어선 열사들의 초상화와 눈이
마주쳤다. 나는 순간 정신이 아득해져 왔다. 나에게 고통이란 표현
은 사치스러웠다. 동시에 나는 방금 전까지 내 머릿속에서 쉴 틈 없
이 뿜어져 나온 실타래 속에 엉켜 있던 실낱 같은 욕망 하나를 상
기했다. '집으로 돌아가고 싶다.' 허망했다. 더 이상 그곳에 있을 이
유가 없었다. 아니 그래서는 안 되었다. 이렇게 추레한 태도로 열사
들의 주검 앞에 서 있는 것은 도리가 아니었다. 나는 결국 아무도,
아무것도 아니었다. 나는 영결식의 끝자락에 수치심에 겨워 서둘러
광장을 빠져나왔다. 추위 속에서 도망쳐 나온 듯싶다. 등 뒤에선 어
느새 조가가 울려 퍼지고 있었다. 군중들의 목소리가 한데 모여 크
게 외쳐 댔다. '여기에 사람이 있다…….'

　지하철 속에서 벗은 발을 주무르며 숱하게 밀려오는 회의감에 사

무쳤다. 나는 어찌하여, 도대체 무슨 이유로 감히 영결식에 자리하였는가. 전날 고민했던 내용들을 억지로 반추해 본다. 나는 오기를 주저했다. 그들의 죽음이 값싼 동정으로 치환될 것이 두렵다는 이유로. 그러나 정말 그러한 고상한 이유 때문이었는가? 아니다. 나는 분명 나태함 때문에 주저했다. 방 안에 가득 들어찬 훈훈한 온기를 떨쳐 버리고 광포한 겨울바람이 채찍질하는 헐벗은 광장에서 열사들을 추모하며 주말을 허비하고 싶지 않았다.

허비. 그래, 허비다. 부디 솔직해지자. 그리고 희미하게나마 약동하고 있는 양심의 가책 탓에 억지로 이 자리에 떠밀려 왔다. 마지막 작별 인사쯤은 해 둬야 내 마음이 편할 것 같다는 고백은 다른 맥락에서 들어맞았다. 영결식이 진행되는 내내, 미간을 애써 찌푸린 채로 침통한 척 가장을 했으나 썩어 빠진 심성만은 감추지 못했다. 내가 기자들을 향해 소리 내어 호통치지 못했던 것은 그러한 인간 군상들의 모습이 바로 나였기 때문이었을까. 나에게는 결국 추모조차도 핑계였다.

무의식적으로 쉴 새 없이 주물러 대던 발의 감각이 어느새 생생했다. 동상에 걸릴까 지레 겁을 집어먹었던 것이 무색할 정도로 멀쩡했다. 나는 정말 견딜 수 없을 만큼 추위에 몸서리쳤던 것일까. 그날, 한겨울의 광장은 무고한 넋들이 절대 고독 속으로 침잠해 들어간 서늘한 시체 안치실보다, 무고한 철거민들이 제 부모 형제들을 그리워하며 슬픔에 겨워했던 차가운 감방 안보다, 곱절은 더 추웠던 것일까. 그래서 그들을 견디어 냈는데, 나는 그러지 못했던 것일까. 그렇다면 광장에 남아 있던 나 이외의 군중들은 대체 무엇으로 버텨 냈을까.

나는 난방이 되는 지하철 안에서 괜스레 몸을 떨었다. 이제는 정말 견딜 수 없을 정도로 춥다. 한 손에 무심코 쥐고 있던 '용산 참사 진상 규명' 팸플릿이 처연하게 울고 있다. 나에게는 이명박 대통령이 행한 그 값싼 동정조차도 베풀기 어렵다. 그 사실이 매서운 겨울바람보다 더 강하게 불어 닥쳐 내 마음을 할퀴고 헐벗겼다. 나는, 우리들은 진정 추모할 자격이 있는가.

몽포르 여전히 글을 쓰는 일의 언저리에 있으려 노력하고 있다. 과거에 썼던 글을 일별하는 것은 언제나 새삼스럽다. 뒤늦게 참석한 열사들의 영결식에서 엉거주춤 서 있던 나의 모습이 어렴풋이 떠오른다. 여전히 분노의 여진이 가시지 않았던 그때. 그로부터 몇 년이 흘렀고 나는 이제 더 이상 머리를 바투 깎은 채 교복을 걸쳐 입지 않으며, '무엇' 속에서 무엇으로도 분류되지 못한 감정의 파편들은 글과 함께 저편으로 미뤄진 채 잊혀졌다. 결국 모든 게 과거사가 되었다. 용산 참사도, 그와 맺었던 나의 사적인 관계도. 과거에 썼던 글을 일별하는 것은 언제나 새삼스러운 동시에 무엇보다 나의 태도에 대해서 재고하게끔 한다. 지금은 두서없고 투박할 뿐인 문장들 저편에서 과연 '무엇'을 건져내려 했는지. 그것만으로 과거로 잊힌 것들이 면피될 수 있는지. 여전히 누군가는 망루에 오르고 있다. 자본의 관성에 떠밀려 우리들의 일상은 여전히 오작동하고 있다. 나의 글은 그것들과 보폭을 맞출 수 있을 것인가. 때로는 한없이 유보하고 싶은 질문이지만, 그럼에도 번번히 맞닥뜨릴 수밖에 없다.

학생 노릇 참 힘들다!

박상률(작가)

세상 일 가운데 쉬운 게 어디 있으랴만, 대한민국에서 학생으로 사는 일도 힘든 일 가운데 하나이다. 학생 가운데서도 중고등학생으로 살기가 특히 더 어렵다. 그렇다고 초등학생이나 대학생 노릇 하기가 쉽다는 얘기가 아니다. 초등학생 노릇이나 대학생 노릇도 힘들지만 중고생 노릇은 더 힘들다는 얘기다. 왜 그럴까?

중고생 시절은 딱 사춘기와 겹친다. 요즘은 초등학생 고학년이면 벌써 사춘기가 시작된다고 하지만 아무래도 본격적(?)인 사춘기는 중고생 시절이다. 사춘기를 겪는 청소년 시절. 그때에 청소년 대부분은 학교에서 보내야 한다. 학교 밖이라 해 봐야 학원 강의실에 다시 갇혀 지내야 한다. 모든 문제의 출발점은 갇혀 지내야 하는 데서 비롯된다.

몸은 어른처럼 커졌는데 마음은 아직 어른이 아니다. 게다가 어른들은 청소년들에게 미래를 위해서 공부에만 신경 쓰라고 한다. 공부? 대학 입시를 그렇게 말한다. 그런데 대학을 가기 위해 준비해야 하는 입시 공부가 진짜 공부일까? 대부분의 청소년들은 어른들이 주문한대로 '그냥' 따라서 한다. 교과서와 참고서와 문제집을 읽는 걸 책 읽는 거라 여기면서, 어른들이 어련히 알아서 그런 주문을 할까 하면서 말이다. 그런 청소년들이기에 세월호 참사 때도 '가만히 있으라.'고 한 어른들 말을 곧이곧대로 믿고 따랐다.

대학 입시 공부를 하기 위해 중고생 시절을 다 바치는 청소년들. 어른들은 청소년을 만나면 대뜸 '공부 잘 하니?' 하고 묻는다. 다들 그렇게 물으니 '공부'가 자기 이름인 것 같다며 너스레를 떤 학생의 글도 있다. 그렇기에 학교 교실과 학원 강의실에 갇혀도 당연하게 여긴다. 갇혀 지내다 보니 조그만 일에도 짜증을 내며, 자기보다 힘이 조금만 약해 보이면 가차 없이 공격을 한다. 학교 폭력이 그치지 않는 것도 거기에서 비롯된다. 닭도 좁은 데에 갇혀 지내면 공격적이 된다. 좁은 닭장에 갇혀 지내는 닭들은 동료를 쪼아서 상처를 낸다. 어렸을 때 닭을 길러 보아서 아는데 닭장에 가두어 기른 닭하고 마당에 풀어 놓아서 기른 닭은 확실히 다르다. 사람도 마찬가지!

나아가 청소년만의 문제는 절대로 없다. 어른의 문제는 반드시 청소년의 문제로 이어진다. 집안이 갑자기 경제적으로 어려워지면 아이들은 어떻게 되는가? 아버지와 어머니가 이혼이라도 하면 아이들은 어떻게 되는가? 결국 피해는 아이들이 고스란히 입을 수밖에 없다. 게다가 부모의 욕망은 자식들에게 그대로 덧씌워진다. 예전엔 '내가 못 배운 한을 풀어다오.'라면서 자식들을 가르친 부모가 많았다. 이제는 '남들보다 더 잘 살아야 되니까.' 하면서 자식들을 다그친다. 그러면서 조부모의 생신날이나 장례 날 같은 때에도 참석하지 말고 오로지 공부만 하라고 다그친다. 부모들은 자식들이 공부만 하면 만사가 다 해결될 것처럼 말한다. 하지만 현실이 그러한가?

공부만 한 사람들이 한 해에도 수만 명씩 쏟아져 나오는데 우리 사회는 왜 이 모양일까? 청소년들은 다 아는데 어른들은 애써 모른 체한다. 어른들은 오로지 자기 자식만 잘 먹고 잘 살기 바란다. 그러기 위해선 공부해야 한다고 다그친다. 물론 그 공부는 대학에 가기 위한 공부, 즉 입시 준비이다. 그것도 100명 가운데 두세 명 안에 들어가야 한단다.

여기 입시 준비를 하면서도 어른들이 애써 외면한 현실을 외면하지 않은 청소년들의 글이 있다. 한국문화예술위원회가 멍석을 깔아 준 온라인 청소년 문학관 '글틴'에 올라왔던 글들이다. 글틴에 올라왔던 글 가운데 독자들도 공감할 생활글 몇 편을 책에 실어 내 세상 속으로 보낸다기에 몇 마디 말을 보탠다. '글틴'이라는 이름을 정할 때부터 이런저런 일에 관계한 사람으로서 감회가 없을 수 없어 그런다.

이 책은 '글틴' 생활글 게시판에 올라온 글 가운데에서 고른 것이다. 글, 특히 생활글을 두고 잘 썼느니 못 썼느니 하며 우열을 따진다는 게 사실은 굉장히 우습다. 하지만 글은 쓰고 있는 그 순간에 지나온 자신의 삶을 갈무리하고 앞으로 펼쳐질 삶의 방향을 잡아가는 역할을 해 준다. 그러한 점에서 보면 정리가 잘 된 글과 정리가 잘 안 된 글은 다를 수밖에 없다. 그러기에 그간 글틴에서 내건 생활글의 작성 원칙이 있다.

첫째, 모든 글쓰기의 기본은 적확한 문장을 구사하는 데서부터 출발한다. 글쓰기의 도구는 언어, 그것도 자신이 처음 배운 모국어이다. 그러므로 모국어를 제대로 쓰자.

둘째, 무슨 글이든 글은 짜임새, 즉 구성이 되어 있어야 한다. 생활글도 예외가 아니다. 생활글도 길든 짧든 나름대로 완성도를 갖추자.

셋째, 글 쓴 사람이 무슨 이야기를 하려는지 읽는 사람이 바로 알 수 있어야 한다. 즉 주제가 쉽게 드러나야 한다. 이야기를 이루는 삽화는 잔뜩 들어 있는데, 무엇을 이야기하려는지 잘 알 수 없는 글은 좋은 글이 아니라는 것을 늘 의식하자.

넷째, 생활글은 학생의 지적 수준과 체험 수준에 맞는 글이어야 한다. 실제보다 많이 부풀려져 있거나 허풍을 친 글은 금세 드러난다. 글쓴이의 의식과 세계관, 인생관에 맞는 일이면 하찮은 일도 좋은 글감이 될 수 있지만 아무 생각 없이 세상을 바라보면 거창한 일도 좋은 글감이 되지 않는다는 것을 알자.

생활글은 어떤 그릇에도 담을 수 있어 딱히 정해진 그릇이 필요하지 않다. 어쩌면 큰 기교 없이 쓸 수 있는 글이라고도 할 수 있다. 그러나 음식은 그 음식에 맞는 그릇에 담겨 있어야 한다. 접시에 담을 음식 다르고 대접에 담을 음식 다르다. 자신이 겪은 일을 알맞은 그릇을 빚어 담아 내놓을 줄 알아야 한다.

청소년이 어른이 된 뒤에도 가장 많이 쓰게 될 글이 바로 생활글일 것이다. 더구나 인터넷 세상은 어떤 식으로든 글쓰기를 해야 한다. 큰 부담감 없이 글을 쓸 수 있다는 것은 생활글만의 장점이다. 그렇다고 생활글을 낙서하듯이 성의 없이 아무렇게나 써서는 안된다. 글은 글을 쓰는 자기 자신을 가장 잘 드러낼 수 있는 하나의 방법이다. 함부로 자신을 드러내는 것도 읽기 불편하다. 그렇지만 자신을 너무 감추고 수박 겉핥는 식으로 변죽만 울린 글도 불편하기는 마찬가지이다.

또한 생활글은 깨달은 도인이나 성인이 하는 '한말씀'도 아니고, 어른들이 하는 '훈계조' 말씀도 아니다. 더군다나 누가 누가 더 착한가를 겨루는, 선행을 권장하는 것도 아니다. 선행에만 사로잡혀 있으면 세상을 보는 시야가 좁아질 수밖에 없다. 명토 박아 이르건대 생활글은 착한 사람들을 줄 세우는 게 아니다. 그러므로 글 속에서 세상을 사는 온갖 사람들의 모습을 잘 그려 주기만 하면 된다.

어른도 그렇지만 청소년들에게 글쓰기는 배설 내지는 정화 작용이다. 글을 쓰면서 스스로 치유를 하고 나아가 성찰까지 한다. 글 틴의 청소년들도 글쓰기를 통해서 답답한 학교와 가정의 일상에서 벗어나 세상과 자신을 오롯이 볼 수 있었다고 한다. 아마도 모두들 생활글을 쓰는 동안 자신의 삶을 더욱 풍부하게 했을 것이며 영혼 이 부쩍 성장하는 것을 느꼈기 때문에 그렇게 말했을 것이다.

예나 지금이나 청소년들이 겪는 일이 크게 달라지지 않았다. 이 책에 들어 있는 글들이 글틴 게시판에 올라올 때보다 지금 사회가 더 좋아졌다고 할 수도 없다. 예전의 청소년이 했던 고민을 지금 의 청소년도 하고 있다. 지금 이 순간을 살아가는 청소년들도 이 글 을 읽으면서 자신의 고민을 정확하게 인식하고 앞을 헤쳐 나갈 힘 을 얻으리라. 공감하는 글이 한 편만 있어도 좋은데, 이 책의 글들 은 한 편이 아니라 편마다 다 공감이 갈 것이다. 글들의 영역이 넓 기 때문이다.

여기 실은 글들은 개인의 관념적인 감상이 아니고, 학교 생활(입 시, 따돌림, 폭력), 성에 대한 호기심, 집안 문제, 현재와 미래의 삶 등 다양한 소재로 독자들을 만난다. 지금의 청소년들은 청소년기를 먼저 보낸 선배들의 글을 읽으며 도움을 많이 받을 것이다!

2015년 5월

보리 청소년 9

십대, 안녕

2015년 6월 1일 1판 1쇄 펴냄 | 2021년 1월 21일 1판 5쇄 펴냄

글쓴이 루쟈 외 18명
기획 김영근, 청소년문화연대 '킥킥'

편집 김로미, 박세미, 이경희, 조성우
디자인 오혜진 | **제작** 심준엽
영업 안명선, 양병희, 조현정
잡지 영업 이옥한, 정영지
새사업팀 조서연
대외 협력 신종호, 조병범
경영 지원 임혜정, 전범준, 한선희
인쇄와 제본 ㈜상지사 P&B

펴낸이 유문숙 | **펴낸 곳** ㈜도서출판 보리 | **출판 등록** 1991년 8월 6일 제9-279호
주소 (10881) 경기도 파주시 직지길 492
전화 031-955-3535 | **전송** 031-950-9501
누리집 www.boribook.com | **전자우편** bori@boribook.com

ⓒ 루쟈 외 18명, 2015

보리는 나무 한 그루의 베어 낼 가치가 있는지 생각하며 책을 만듭니다.

ISBN 978-89-8428-878-2 43810

이 도서의 국립중앙도서관 출판예정도서목록(CIP)은 서지정보유통지원시스템 홈페이지
(http://seoji.nl.go.kr)와 국가자료공동목록시스템(http://www.nl.go.kr/kolisnet)에서 이용하실
수 있습니다.
(CIP제어번호: CIP2015014608)